Malu Cailloux

Der Zufluchtsort

AF237349

Malu Cailloux

Der Zufluchtsort

Roman

Bibliografische Information der Deutschen Nationalbibliothek:
Die Deutsche Nationalbibliothek verzeichnet diese Publikation in der Deutschen Nationalbibliografie; detaillierte bibliografische Daten sind im Internet über http://dnb.dnb.de abrufbar.

Geschrieben von Malu Cailloux 2016

© 2022 Malu Cailloux

www.malu-cailloux.ch

Lektorat: Solvejg Muheim

Herstellung und Verlag: BoD – Books on Demand, Norderstedt

ISBN: 978-3-7557-2345- 5

In Gedenken an meinen geliebten Bruder Robi, der mir die
Schönheit Irlands nahegebracht hat

Dhun na nGall, 1578

Dichte Nebelschwaden erhoben sich entlang des Lough Eske. Der Himmel verwandelte sich von einem dunklen Blau in eine märchenhafte Morgenröte, während die Mondsichel am Horizont verblasste und die Nacht hinter sich liess. Die Vögel erwachten und begrüssten den neuen Tag mit ihrem fröhlichen Gesang. Ihre Melodien trug der Wind mit sich fort. Säuselnd strich seine Brise über die Oberfläche des Sees und hinterliess tanzende Wellen.

Ein einsamer Reiter stand bewegungslos am Ufer, vom Nebel umhüllt. Die regungslose grosse, männliche Gestalt, in einen grünen Samtmantel gekleidet, wirkte wie eine aus Marmor gehauene Statue. Sein prächtiges Pferd liess ein lautes Schnauben durch die Nüstern ertönen und der heisse Atem wirbelte wolkenähnliche Ballen durch die Luft. Der scharfe Ritt war ihm anzusehen. Das schwarze Fell glänzte verschwitzt in dem aufgehenden Sonnenlicht. Der Mann, dessen kupferrotes, gewelltes Haar unter dem wollenen Federhut bis auf die Schultern reichte, beugte sich nieder und klopfte dem Rappen anerkennend den muskulösen Hals, der von einer vollen, lockigen Mähnenpracht geziert wurde. Die Ohren neugierig gespitzt, lauschte das Pferd der tiefen murmelnden Stimme, die liebevoll zu ihm sprach. Ein lautes Rascheln drang aus dem Dickicht und alte, herabgefallene Äste, die schon zu lange auf dem Boden gelegen hatten, knackten entzwei. Mit einem eleganten Sprung kam ein grosses, wolfsähnliches Untier aus dem Gebüsch, gefolgt von einem zweiten. Die beiden braungrauen Riesenhunde mit ihrem halblangen struppigen Fell besassen die Grösse eines ausgewachsenen Kalbes. Freudig wedelnd tänzelten sie um den Reiter herum, die lange rosa Zunge hechelnd heraushängend. Nach der Begrüssung stürzten sich die irischen Wolfshunde ans Wasser, um ihren Durst zu stillen. Das Pferd, dessen Zügel schlaff herunterhingen, tat es ihnen gleich. „So", sprach der Gebieter, mit einem Anflug eines Lächelns auf dem edlen Gesicht, „seid ihr unserer Spur gefolgt?" „Gut gemacht", lobte er die Tiere und nahm die Zügel wieder auf, „nun nehmen wir es ein wenig gelassener." Ein unmerklicher, leichter Fersendruck in die Flanken des Hengstes genügte, um ihn anzutreiben, und so bewegte sich der Trupp gemächlich auf dem kleinen Weg am See entlang. Die ersten Wildgänse tummelten sich im abgelegenen Schilf, während verschiedene Entenarten durch das Sumpfgebiet watschelten, wo sie ihre Bäuche mit Insekten, Schnecken und Würmern vollstopften. Auch der Fuchs schlich durch die Gegend, um seinen Jungen eine fette Beute mit nach Hause bringen zu können. Als Red Hugh das offene Weideland erreichte, um Richtung Wald und Hügel zu gelangen, balzten Fasanen mit ihrem bunten Gefieder. Auf den grasgrünen Wiesen äste das Wild, hob beim Kauen den Kopf und liess sich sonst nicht weiter von den Eindringlingen stören.

Red Hugh O'Domhnaill liebte die frühen, einsamen Morgenstunden, in denen er die unschätzbaren Werte der Natur auskosten und dabei die frische, heilsame Luft tief in seine Lungen einatmen konnte. Er empfand innige Dankbarkeit für den Gott und die Naturwesen, die ihm zur Seite standen. Er war als Prinz geboren worden und regierte nun seit sechs Jahren als „King of Tyrconnell" vom Norden bis in den Westen von Sligo. Seine ersten Lebensjahre, die ihn stark geprägt hatten, durfte er bereits in dieser Gegend verbringen. Im Alter von zwölf Jahren schickte man ihn nach England zu einem entfernten Verwandten, der sich um seine Ausbildung kümmern sollte. Privatlehrer unterrichteten ihn in

Latein, Englisch, Französisch und Spanisch. Man lehrte ihn auch königliches Benehmen. Seine Leidenschaft für den Kampf mit Schwert und Bogen brachte ihm bei Turnieren grossen Ruhm ein. Er war kräftig und gross gebaut, besass ein eisernes Durchhaltevermögen und die Gerüchte kursierten, dass er eines Tages unbesiegbar sein würde. Nicht nur durch seine Tapferkeit und seinen Mut war er in der Öffentlichkeit berühmt. Genauso flogen ihm durch seine Schönheit und seinen Reichtum die Frauenherzen zu.

Mit 22 Jahren kam er nach Tyrconnell zurück, um seine Mutter zu begraben. Nuala war eine herzensgute Frau gewesen. Sie starb bei der Geburt ihres sechsten Kindes, einer Tochter. Der starke Glaube an die Gerechtigkeit und das Gute im Menschen hatte ihren ältesten Sohn entscheidend geprägt, während sein Vater Magnusa O`Domhnaill ihm Aussehen und Tapferkeit vererbt hatte. Magnusa hatte seine einzige Frau Nuala so sehr geliebt, dass er an ihrem Tod fast zerbrach. Das Caisleàn Dhun na nGall liess er für sie und seine Familie erbauen, während Nuala ganz in der Nähe am River Eske den Bau einer franziskanischen Monasterie bewerkstelligte. Als Red Hugh O`Domhnaill die Krone antrat, um seinen erkrankten Vater zu unterstützen, erfüllte er den Wunsch seiner Mutter und heiratete ein junges irisches Mädchen. Das Glück war Brianna aber nicht hold. Ein Jahr darauf verstarb sie an einer komplizierten Schwangerschaft. Kurz darauf musste der junge Herrscher auch noch seinen Vater zu Grabe tragen. Im Stillen erwies er ihm die letzte Ehre und gab ihm das Versprechen, Tyrconnell gut und gerecht zu führen und das Land vor Plünderern und machtgierigen Fremden zu schützen. Engländer und Schotten versuchten nämlich immer wieder Übergriffe. Bei den benachbarten Dörfern zettelten sie Unruhen an und lockten das gutgläubige Volk mit Geld und

Lügen. Im ganzen Land regierten die Clans der O`Domhnaills und der O`Neills auf Anweisung des King of Tyrconnell. Wer sich seinen Regeln widersetzte, wurde vom König und Richter verurteilt.

Der kleine Trupp durchstreifte den Wald und überquerte einen kleinen Bach, der sich gurgelnd den Abhang hinabschlängelte. Moosbewachsene Steine, Klee und dichter Farn bedeckten den Boden. Ein Teppich voller blauer wilder Glockenblumen schmückte die Lichtungen am Waldrand. Nach einem kurzen, steilen Anstieg erreichten sie eine der vielen Hügelkuppen. Der Anblick war gigantisch. Der leuchtende Feuerball am Horizont liess seinen Puls höherschlagen. Die ersten Sonnenstrahlen wärmten seine Haut und drangen hinein in sein Herz. Für einen kurzen Moment schloss Red Hugh seine goldbraunen Augen. Dann sog er den würzigen Duft der Natur, gemischt mit dem kaum wahrnehmbaren Salzgeruch, tief in seine Lungen ein. Dabei hob und senkte sich seine muskulöse Brust unter dem Umhang. In solchen Momenten fühlte der junge Monarch, wie sich sein Geist und sein Körper mit neuer Energie und Kraft füllten. Vergessen waren die Lasten und Bürden, wenn auch nur für kurze Zeit. Die Verschmelzung mit dem Inneren genoss er so sehr, dass ein wohliger Schauer seinen Körper erzittern liess. Ein Jagdhorn ertönte aus der Ferne und holte ihn zurück in die Wirklichkeit. Seine scharfen Augen erblickten weit unten eine Schar von Reitern in Richtung Wald galoppieren. Nicht umsonst nannte man ihn auch den „Adler des Nordens". Vorsichtig begann er den Abstieg und traf seine ergebenen Verbündeten, noch bevor diese den Wald erreichten. An der Spitze ritt Niall Gave O`Domhnaill, sein Schwager und weit entfernter Cousin, der vergangenen Herbst seine jüngste Schwester Nuala geheiratet hatte. Zurzeit

lebten sie unter seinem Dach in Caislèan Dhun na nGall. Niall stoppte sein Pferd auf der Höhe von Red Hugh und gab seinen Begleitern mit einer kurzen Handbewegung zu erkennen, dass sie ihren Weg fortsetzen sollten. Schwer atmend vom schnellen Ritt sprach der jüngere Mann aufgeregt: „Die schottische Flotte ist eingetroffen! Ein Fischer sah sie heute Morgen am Eingang der Bay ankern. Wir werden ihnen heute Abend, wenn sie mit der Flut einlaufen, einen angemessenen Empfang bereiten. Für das Essen sorgen die Frauen. Die Bediensteten sind in der Küche schon eifrig am Backen. Nuala richtet ein Gemach, das nahe dem deinen liegt, für Ineen her."
Red Hugh bedankte sich bei seinem Schwager mit einem kameradschaftlichen Schlag auf die Schulter, nickte anerkennend und liess ihn davongaloppieren. Einen kurzen Augenblick verkrampften sich seine Bauchmuskeln so sehr, dass ihm die Magensäfte sauer aufstiessen. Dies passierte stets, wenn er an Ineen dachte. Nicht dass er ein Feigling gewesen wäre. Seine Entscheidung hatte er über die langen Wintermonate gefällt, nachdem seine Familie und die Verbündeten ihm ans Herz gelegt hatten, endlich wieder zu heiraten. Eine schottische Frau zu nehmen sei taktisch und strategisch das Beste, was er machen könne. Das Bündnis mit Schottland würde sich somit verstärken und die Übergriffe der Engländer sich dadurch in Grenzen halten. Der Entscheid war ihm sehr schwergefallen. Ineen war ein sehr schönes junges Mädchen gewesen, als er sie vor zwei Jahren zum ersten Mal gesehen hatte. Die Heirat war schon damals ein Thema, doch Red Hugh schob seine Entscheidung immer wieder auf. Nicht dass es unangemessen war, sie zur Frau zu nehmen, doch tief in seinem Innern spürte er keine Zuneigung zu ihr. Er hatte auch Brianna nicht geliebt. Dennoch hatten sie einander während der kurzen Ehe gegeben, was sie konnten. Gegenseitige Anerkennung und Achtung hatten damals die

Oberhand gewonnen und er hoffte, auch dieses Mal seine Sehnsucht nach wahrer Liebe, die ihn manchmal vor Verlangen fast erdrückte, zum Wohle seines Volkes auf die Seite schieben zu können.

Es war Zeit, den Heimweg anzutreten und sich um seine täglichen Pflichten zu kümmern. Die Hunde folgten seinem langsamen Ritt. Die saftigen grünen Weiden der Vieh- und Schafherden waren eingesäumt von dichten Hecken und nicht allzu hohen, bewachsenen Steinmauern, die der Hengst leichtfüssig übersprang. Es blühten Rhododendron-Büsche, welche diesen torfhaltigen Boden liebten, in verschiedenen Farben. Kleine Hütten mit Strohdächern verteilten sich über das Land. Jeder Farmer grüsste den Gebieter freundlich und der King of Tyrconnell winkte ihnen lächelnd zu. Er war ein beliebter, gerechter Herrscher, und seit die O`Domhnaills das Land regierten, lebten die Einwohner auf einem hohen Standard. Es gab weder Armut, noch musste man je Hunger leiden. Red Hugh war ein kluger und weiser Geschäftsmann. Er hatte mit den Schotten, Engländern, Portugiesen und Spaniern einen Vertrag geschlossen. Sie durften seine fischreichen Gewässer nutzen, mussten ihm jedoch alljährliche Gebühren entrichten. Er tauschte Salz, Gewürze, feine Stoffe und Talg ein. In den tiefen Seen von Tyrconnell gab es Lachse im Überfluss, die er zu hohen Preisen verkaufte. Die Flüsse und Bäche brachten von den Quellen der Berge das Torfwasser herunter. Die goldbraune Flüssigkeit war angereichert mit Mineralien und trug dazu bei, die Haut geschmeidig und die Seele gesund zu halten. Die dichten Felle, üppigen Pelze und das wertvolle Fleisch der Tiere wurden dem nahrhaften Grünfutter und dem besonderen Wasser zugutegeschrieben. Eine kleine Siedlung stand ausserhalb von Dhun na nGall. Dort lebten die Krieger und Bediensteten mit ihren Familien.

Die Fischerhütten lagen näher an der See und somit fast beim Castle. Nachdem Red Hugh eine grosse Wiese überquert hatte, erreichte er das Caisleàn. Die massive Zugbrücke war während des Tages heruntergelassen. Die bewaffneten Wächter positionierten sich so, dass sie die Gegend gut überblicken konnten. Die Rückseite wurde vom River Eske geschützt und die hohen Burgmauern konnten deswegen nicht so leicht überwunden werden. In der Nacht patrouillierten regelmässig Wachposten. Caisleàn Dhun na nGall war die grösste und sicherste Festung auf der ganzen Insel. Vom linken äussersten Wachturm aus konnte man die ganze Bay überblicken und jede Gefahr von der See her sofort erkennen. Die graubraune Farbe der aus Kalk und Sandsteinen gemörtelten Mauern verlieh der Festung ihr imposantes Aussehen. Mit den zwei rechteckigen Türmen auf dem mehrstöckigen Haupthaus und den langgezogenen vielen Fenstern, die die hohen Räumlichkeiten erhellten, glich der Prachtbau eher einem Schloss. Deshalb auch der Name Caisleàn.

Der Stallmeister eilte zu dem ankommenden Reiter und nahm den schwarzen Rappen entgegen. Er versprach seinem Gebieter das Pferd noch ein wenig herumzuführen, es dann trocken zu reiben und es mit einer Portion Hafer zu füttern. Zum Abschied strich Red Hugh dem Hengst über die von langen, gewellten Haaren bedeckte Stirn bis hinab zu den weichen Nüstern. Mit einem leichten Anstossen und einem liebevollen Knabbern an seiner Hand bekundete das Pferd ihm seine Zuneigung. In den grossen, dunklen Augen sah man das Feuer lodern. Reiter und Pferd waren eine ungebändigte, kraftvolle Einheit, wie es kaum eine gab. Jeder, der die beiden reiten sah, blieb stehen und hielt für einen Augenblick den Atem an.

Von den Stallungen, die etwas abseits lagen, gab es einen Weg, der an den Vorratskammern und dem Ziehbrunnen vorbei direkt zum Eingang der Küche führte. In den Kochräumen gab es lange Holztische, an denen Frauen und Mädchen emsig arbeiteten. Junge Burschen brachten Wasser und trugen die schweren Körbe und Säcke herbei. Auf zwei grossen Feuerstellen standen riesige schwarze Töpfe, die mit Ketten und Haken an der Decke befestigt waren. Fladenbrote bräunten vorne auf den Rosten über der heissen Glut. Zufrieden schaute Red Hugh dem Treiben zu und nahm sich einen Apfel aus dem Weidenkorb, der neben der offenen Tür stand. Dann schlenderte er gemächlich zum gewölbten Eingang, wo eine Steintreppe in die oberen Räume führte. Im grossen Saal stand ein langer massiver Tisch, der wie die vielen Stühle aus Holz mit aufwendigen Verzierungen geschnitzt war. Die Wände und den Boden belegten wollene Teppiche in farbigen Mustern. An der längsten Wand stand ein beeindruckendes Regal aus dunklem Holz. Red Hugs Magen liess ein lautes Grummeln hören, und nachdem er den Umhang abgelegt hatte, setzte er sich an den Tisch. Ein Krug mit Wasser und ein Teller gefüllt mit Brot, Käse und Dörrfleisch war sein Frühstück. Seine Hunde, die ihm auf Schritt und Tritt gefolgt waren, lagen ausgestreckt neben dem gewaltigen Wandkamin. In den eingemauerten hellen Steinen, auf denen verschiedene Ornamente und das Wappen der O`Domhnaill eingemeisselt waren, brannte ein gemütliches Feuer. Auch wenn die Augen der Riesenhunde halb geschlossen waren, so nahmen sie wachsam jede Bewegung um sich wahr. Sie beobachteten Red Hugh beim Essen und wussten genau, dass ihr Gebieter kein Betteln duldete. Wenn es Reste gab, so wurden sie den Tieren mit den Knochen zusammen am Abend verfüttert. In Tyrconnell schätzte man den Wert der Esswaren hoch ein und es durfte nichts verschwendet werden. Die Leute, welche zu viel davon hatten, gaben es den Nachbarn. Red Hugh schob den leeren Teller gesättigt zur Seite und füllte den Becher mit Wasser auf. Er lehnte sich wohlig im Stuhl zurück, dabei streckte er seine langen Beine von sich und verschränkte seine Arme vor der Brust. So fand ihn seine Schwester, die wie ein Wirbelwind in den Raum stürmte. Nuala war eine energiegeladene junge Frau mit langen, rot gewellten Haaren. Der hübsch geflochtene Zopf schwang bei jeder Bewegung auf ihrem graziösen Rücken umher. Lachend küsste sie ihren Bruder auf die Wange und plauderte aufgeregt, während sie sich vor ihn hinkniete, um seine Lederstiefel aufzuschnüren. „Deine Schuhe müssen geputzt werden und du musst dich hübsch anziehen, wenn du deine Braut empfängst." Red Hugh liebte seine kleine Schwester von ganzem Herzen. Als er so auf sie herabschaute und ihr zuhörte, erinnerte sie ihn sehr an seine Mutter. Die helle Haut mit den Sommersprossen, die sich über die Nase bis hin zu den runden, rosa Wangen verteilten. Dieselben strahlenden blauen Augen und der volle üppige Mund. „Bist du auch so aufgeregt wegen der Hochzeit?" Erwartungsvoll hob sie den Kopf und richtete den Blick auf ihren Bruder, dabei strahlte sie ihn mit leuchtenden Augen an. Red Hugh beugte sich nach vorn und strich seiner Schwester liebevoll über den Kopf, zupfte sanft an einer einzelnen wilden Locke, die sich gelöst hatte und verspielt um ihr herzförmiges Gesicht tanzte. „Ja, es wird sicher sehr schön werden und ich freue mich schon dich im neuen Kleid zu sehen. Du wirst die schönste Frau sein und Niall hat alle Hände voll zu tun, die vielen Männer von dir abzuwehren." In seiner Stimme schwang eine tiefe Zärtlichkeit. „Das glaube ich nicht", meinte sie lachend, „deine Braut Ineen muss so hübsch sein, dass sie uns alle in den Schatten stellt." Nuala zerrte an seinen Stiefeln herum, um sie von seinen langen muskulösen Unterschenkeln zu ziehen, und Red Hugh half ihr dabei. Dann nahm er ihr Kinn in die Hand, schaute sie lange an und sprach aufrichtig und ernst: „Du wirst immer einen Platz in meinem Herzen haben. Niall und ich werden dich unser Leben lang beschützen." Freudentränen stiegen ihr in die Augen und sie drückte ihrem Bruder einen Kuss in die Innenfläche seiner grossen Hand. „Danke!" Dann nahm Nuala die Stiefel unter die Arme und wirbelte singend davon. Der zurückgebliebene König rollte seine Füsse und Zehen und seufzte zufrieden. Seiner Schwester gelang es immer wieder, ihn zum Lächeln zu bringen. Die fröhliche Unbeschwertheit und das grosse mitfühlende Herz waren ihr angeboren.

Mit der Flut lief auch das Schiff ein. Die schottische Brigade wurde feierlich empfangen. Ineen war unendlich erleichtert den schwankenden Boden verlassen zu können. Ihre Haut war noch blasser als gewöhnlich. Die Braut knickste höflich vor dem König. Die grosse bedrohliche, mit dem kunstvoll verarbeiteten Schwert bewaffnete Gestalt nahm die zierliche Hand entgegen und hauchte zart einen Kuss darauf. Ineen war beeindruckt von der Erscheinung ihres zukünftigen Gatten. In den zwei Jahren, seit sie ihn zuletzt gesehen hatte, schien er noch interessanter geworden zu sein. Seine markanten Wangenknochen, die gerade, schmale Nase und die gebräunte Haut gaben ihm ein kriegerisches Aussehen. Nur in den schön geschwungenen Lippen und den goldbraunen, warmen Augen war eine Spur von Sinnlichkeit zu erkennen. Der King of Tyrconnell erhob den Kopf, warf das kupferrote Haar stolz in den Nacken und musterte die makellose Schönheit interessiert. Jede andere Frau wäre unter seinen Blicken verlegen geworden. Ineen jedoch mit ihrem angeborenen Stolz und dem Hang zur Eitelkeit genoss sichtlich die anerkennende Musterung. Ihr blondes langes Haar, verflochten mit einem

Seidenband, hing ihr bis zur schlanken Taille, die das bodenlange samtene Kleid mit einer gestickten breiten Stoffbahn betonte. Ihre blauen Augen wirkten auf Red Hugh wie ein gefrorener See. Der Name Eiskönigin kam ihm in den Sinn und ein Schauder durchschüttelte das Innere seines Körpers. Er hatte gelernt seine Gefühle niemandem zu offenbaren und schenkte ihr ein Lächeln, welches seine weissen makellosen Zähne aufblitzen liess. Ineen erwiderte seinen Blick mit einem genauso strahlenden Lächeln, das allerdings fast schon gekünstelt wirkte. Nach einem kurzen Räuspern, um seine Stimme zu festigen, machte Red Hugh seine Schwester mit ihrer zukünftigen Schwägerin bekannt. Während Nuala Ineen und ihre Bedienstete zur Kutsche begleitete, begrüsste der King of Tyrconnell mit Niall Gave O`Domhnaill die drei Brüder, die ihre Schwester begleitet hatten. Die zwei bärtigen, gutgebauten Männer waren um einiges älter als Ineen, während der Dritte ein Jüngling war, dessen Flaumhaare erst zu wachsen begannen. Man spürte die Anspannung der schottischen Belegschaft, denn sie waren in der Unterzahl und dem Rivalen ausgeliefert. Red Hugh und sein Schwager genossen ihren Vorteil, liessen sich jedoch nichts anmerken. Sie fuhren mit den Gästen, die bald zur Familie gehören sollten, zum Castle. Dort zeigte man ihnen ihre Unterkünfte und führte sie danach in den Speisesaal, wo sie königlich bewirtet wurden. Nach dem Essen sassen die Männer am Tisch zusammen und sprachen über geschäftliche Angelegenheiten, während die Frauen am kleinen Wandkamin etwas abseits einen Tee zu sich nahmen. Nuala versuchte verzweifelt eine Unterhaltung mit Ineen zu führen. Sie war in der englischen Sprache nicht so geübt, umso mehr fühlte sie sich betroffen und gedemütigt von dem herablassenden Benehmen der schottischen, jungen Frau. Es stimmte sie traurig im Herzen, wenn sie daran dachte, dass ihr

Bruder ein solch eingenommenes, eitles Weibsbild heiraten würde.

Am nächsten Tag durchkämmte man die Wälder und jagte mit Pfeil und Bogen für die bevorstehende Feier. Die schottischen Männer waren beeindruckt von den Wildbeständen. Auch die gutgenährten Vieh- und Schafherden waren ihnen nicht entgangen. Red Hugh spürte einen Anflug von Neid in den zwei bärtigen Gesellen aufblitzen und das gefiel ihm ganz und gar nicht. Nach der Hochzeit würden sie sofort abreisen und dies hellte ein wenig seine Stimmung auf. Noch immer lag ihm der Anlass sehr auf dem Magen, doch wenn der König von Tyrconnell sein Wort gab, hielt er es auch.

Endlich war er da. Der grosse Tag, an dem King Red Hugh O`Domhnaill heiratete. Nahe Verwandte und wichtige Verbündete waren eingetroffen. Das Essen stand bereit. Der franziskanische Abt Seosamh O`Sullivan, der den König schon getauft hatte, hielt die Messe ab. Nach dem Segen tauschte das Paar einen flüchtigen Kuss aus, der von Jubelrufen besiegelt wurde. Da das Wetter angenehm warm und sonnig blieb, speiste man im Freien. Seàn O`Sullivan, ein Cousin des Priesters, war für die Musik zuständig. Der alte Mann hatte sein Leben der Muse verschrieben und lehrte einige junge Männer aus der nahen Umgebung, mit Instrumenten umzugehen. Sie musizierten gemeinsam den ganzen Abend. Es wurde ausgelassen getanzt und Bier aus einem grossen Eichenfass ausgeschenkt. Sogar Wein, den man nur bei seltenen Anlässen auftischte, war im Überfluss vorhanden. Der König und seine Gemahlin nahmen von allen Gästen die herzlichen Gratulationen entgegen. Besonders ein Cousin von Red Hugh, Sir Turlough Luineach O`Neill, war zutiefst beeindruckt von der schottischen Schönheit und schenkte der

Angetrauten des Königs zwischendurch ein anerkennendes Lächeln. Ineen genoss es in vollen Zügen, im Mittelpunkt zu stehen, und flirtete für ihre Position etwas unangemessen mit dem jungen Mann. Red Hugh mochte den gleichaltrigen Verwandten nicht besonders. Schon oft war ihm das Gerücht zu Ohren gekommen, dass der noch ungebundene Turlough die Frauen schamlos ausnutzte und einige junge Mädchen geschwängert hätte. Mit Geld und Drohungen hatte er das Stillschweigen der Familien erkauft. Nachdem Red Hugh den Tanz mit seiner neuvermählten Gattin eröffnet hatte, setzte er sich und sah dem fröhlichen Treiben zu. Seine Schwester amüsierte sich auf der Tanzfläche mit Niall Gave. Ihre Wangen waren gerötet und aus ihren Augen schossen feurige Blitze. Das mit weissen Spitzenbordüren verzierte cremefarbene Kleid stand ihr wirklich ausserordentlich gut. In der hochgesteckten, wilden Lockenpracht waren Blumenkränze eingeflochten. Man glaubte, sie besässe nicht sichtbare Flügel und schwebe auf dem Boden wie eine Elfe. Ihr Gatte, ein stattlicher junger Mann mit blondem, gelocktem Haar, einer gebräunten Haut und warmen dunkelblauen Augen, war einer der engsten Freunde des Königs. Auf ihn konnte man sich zu hundert Prozent verlassen. Seine Liebe zu Nuala war ihm anzusehen. Als es dunkel wurde, entzündete man die überall verteilten Wachsfackeln. Der König, der sein allerschönstes Gewand trug, stets bewaffnet mit seinem Schwert, überragte die meisten, als er durch die Menge schritt, nachdem er mit seiner Schwester getanzt hatte. Da und dort blieb er stehen, plauderte freundlich mit den Gästen, dankte dem einfachen Volk und den Bediensteten für die gelungene Feier. Er war ein wahrer Edelmann und sein Benehmen tadellos. Sein Volk liebte ihn und hielt sich an seine Regeln. Um Mitternacht hob er seine frisch angetraute Frau auf die Arme und trug sie unter lauten Jubelrufen ins Dachgeschoss, wo sein Gemach mit dem grossen Himmelbett stand. Vorsichtig legte er sie auf das weisse Laken, entkleidete sie sachte und überzog die pfirsichsamtene Haut von oben bis unten mit feuchten Küssen. Als Ineen vor Lust erzitterte, zog auch er seine Kleider aus und legte sich auf sie. Behutsam schob er ihre Schenkel auseinander und glitt langsam in ihre heisse Mitte. Ein kurzer Schmerzenslaut kam über ihre Lippen, denn sie war noch Jungfrau, doch in dem zärtlich-erotischen Liebesspiel verlor sich Ineen mit einem erlösenden stöhnenden Lustschrei. Als Red Hugh seinen Höhepunkt erreichte, entzog er sich seiner Gattin. Irgendeine Kraft hielt ihn davon ab, sich in ihr zu ergiessen. Erschöpft sank er neben diese Frau, die nun seine eigene war und ihm doch so seltsam fremd vorkam. Ihre Brust hob und senkte sich in regelmässigen Atemzügen. Ineen war eingeschlafen, doch Red Hugh fand keinen Schlaf. Leise zog er sich an. Der Ritt durch die noch dunkle Nacht zum Lough Eske klärte ihm seinen wirren Kopf. Dort legte er sich, in den Samtmantel gehüllt, nahe am Ufer ins Gras. Er starrte an den sternenklaren Himmel und der moosige, erdige Duft beruhigte seine aufgewühlte Seele. Allmählich übermannte ihn ein traumloser tiefer Schlaf.

Nachdem alle Gäste Dhun na nGall verlassen hatten, kehrte wieder Ruhe in die Stadt ein. Über die Sommermonate begab sich der König auf Reisen durch Tyrconnell und das ganze Ulster-Gebiet. Niall Gave liess er zum Schutz der Frauen im Castle zurück. Drei Monate blieb er fern, denn er besuchte alle seine wichtigen Stützpunkte. Die eingesetzten Bevollmächtigten waren Blutsverwandte oder treue Verbündete. Der König musste sich regelmässig um Gesetze und Probleme jedes Einzelnen kümmern. Grössere Übertretungsdelikte wurden ihm vorgetragen und jeder Schuldige bekam dabei die Gelegenheit, sich zu äussern. Für Landesverrat, Plünderung und Vergewaltigung gab es die Todesstrafe, denn nur so konnte man den Frieden wahren. Als die Tage kürzer wurden, kehrte Red Hugh ins Caisleàn Dhun na nGall zurück. Im September wurde das alljährliche Erntedankfest von Tyrconnell in Dhun na nGall gefeiert. Von weither kamen die Leute angereist, brachten Essen, Trinken und Tauschware mit. Auch Musiker und Maler von der ganzen Insel trafen sich bei dieser Gelegenheit. King Red O`Domhnaill liebte die Muse und veranstaltete jedes Jahr bei dieser Gelegenheit einen Wettstreit. Den Gewinnern wurde eine angemessene Geldsumme ausbezahlt.

Ineen war froh, dass endlich wieder Leben in den tristen Alltag kam. Besonders freute sie sich auf einen besonderen Gast. Sir Turlough Luineach O`Neill war eingeladen und noch viele Adlige. Bis jetzt hatte sich noch kein Mann, nicht einmal der König dermassen nach ihr verzehrt, wie der schamlose Weiberheld es tat. Man fertigte ihr ein neues Gewand speziell für das Fest an und Nuala war froh, dass sich durch das Fest die Laune ihrer Schwägerin merklich verbessert hatte. Die letzten Monate waren alles andere als angenehm für Nuala und die Bediensteten gewesen. Ineens Nörgeleien und ihr hochnäsiges Getue wurden fast unerträglich für alle Beteiligten. Niall versprach seiner Frau, mit dem König in nächster Zeit unter vier Augen über Ineen und deren Respektlosigkeit gegenüber der Dienerschaft zu sprechen. Bei dieser Gelegenheit wollte er ihn bitten, ein eigenes Haus bauen zu dürfen. Als es jedoch zu dieser Besprechung kam, beschloss Red Hugh mit der einleuchtenden Begründung, dass sie hier auf dem Castle besser geschützt seien und sich doch mit ihren Plänen noch etwas gedulden sollten. Der König kündigte jedoch an, nach dem Anlass mit seiner Gemahlin ein ernstes Gespräch zu führen. Er würde Ineen ermahnen, sich höflicher zu benehmen, und zusätzlich ein paar Aufgaben im Haushalt zuordnen. Nuala akzeptierte seine Ansicht und hoffte, auf die Dauer mit ihrer Schwägerin einen angemessenen Umgang finden zu können.

Es strömten schon seit Tagen Reisende herbei und die grosse Wiese ausserhalb der Festung war voller Menschen und Zelte. Die Pferde der Auswärtigen waren in Pferchen, die man extra für diese Gelegenheit errichtet hatte, eingestellt. Die Marktstände wurden in der Dorfmitte am Hafen aufgebaut. Jeden Morgen konnte man dort Felle, Stoffe, Esswaren, ja sogar Tiere und viele andere gebräuchliche Ware verkaufen oder eintauschen. Das Wetter blieb trocken und die Stimmung war ausgelassen. Der grosse Auftritt der Musiker begann gegen Abend. Seamus O'Greene, ein Musiker, war wie jedes Jahr mit seinen drei Kindern gekommen. Er war Red Hughs langjähriger unschlagbarer Favorit. Seine neuen selbstkomponierten Stücke waren immer ein grosser Erfolg. Aufgewachsen war Seamus in einer angesehenen Familie. An seiner Bildung gab es nichts zu rütteln. Sehr jung verliebte er sich in ein einfaches irisches Mädchen. Aoifa teilte mit ihm die Leidenschaft zur Musik und sang mit einer Stimme so wunderschön, dass man sich darin verlieren konnte. Seamus heiratete sie gegen den Willen seiner Eltern und vergab seinen Titel an seinen jüngeren Bruder. Vom Süden bis in den Norden zogen sie wie Vagabunden umher, lebten dabei bescheiden und musizierten für ihren Unterhalt. Ihre Kinder lernten von früh an, wie man mit den Instrumenten umging, die Musik war ihnen angeboren worden. Seamus unterrichtete seine Kinder jedoch auch in Lesen und Schreiben, denn seine Bildung und Erziehung, die er genossen hatte, würde ihnen vielleicht später ein höheres Ansehen verschaffen. Das Familienglück wurde jäh zerstört, als man Aoifa vor genau vier Jahren tot vor dem Zelt auf der Wiese in Dhun na nGall gefunden hatte. Sie musste sich auf mysteriöse Art das Genick gebrochen haben. Der Todesfall wurde nie aufgeklärt. Niemand hatte damals etwas gehört noch gesehen. Für Seamus blieb dieser schmerzhaft traurige Tag unvergessen. Seine Kinder und die Musik gaben ihm die Kraft weiterzuleben.

Gegen Abend suchten die Zuschauer massenweise die Schlosswiese auf, wo sich die einzelnen Musiker oder Gruppen mit ihren Instrumenten versammelt hatten, um die neusten Stücke vorzutragen. Der König genoss es, den begnadeten Künstlern zuzuhören. Als es dunkel wurde, entzündete man die Fackeln. Am Schluss des Wettkampfes trat Seamus mit seinen Kindern auf. Ein Geraune ging plötzlich durch die Menge. Red Hugh, der sich gerade wieder auf seinem Stuhl mit einem Becher voll schäumendem Bier gesetzt hatte, schaute verwundert auf die kleine Bühne. Zu seinem grossen Erstaunen sah er eine wunderschöne junge Frau, die neben einer Harfe sass. Weibliche Musiker waren in dieser Zeit eine Seltenheit. Zwei junge Burschen rechts und links der Harfenistin warteten auf Seamus, der mit dem Fiedelstab das Handzeichen gab. Wunderbare himmlische Harfenklänge vibrierten durch die Luft. Nach dem süssen Auftakt folgten die fröhliche Flöte und im Hintergrund dezente Trommelklänge. Seamus untermalte das Ganze noch mit der Fiedel. Dafür gab es einen begeisterten Applaus. Das zweite Stück begann ruhig mit der kleinen zwölfsaitigen Harfe, und als die hübsche junge Frau plötzlich mit süsser klarer Stimme zu singen begann, war es um den König von Tyrconnell geschehen. Diese fesselnde melancholische Weise drang in sein Herz und erweckte seine tiefsten Sehnsüchte zum Leben. Die Fiedel und die Flöte untermalten das Ganze und auch dieses Stück erlangte rauschenden Beifall. Das letzte begann mit wirbelnden Trommelklängen, dann setzte ein Instrument nach dem andern ein und vier Stimmen sangen vereint auf eine lustige Weise. Es war ein Stimmenquartett und Können der Besten. Am Schluss, nachdem jeder noch ein Solo vorgetragen hatte, endete das Ganze mit sich steigernden Trommelschlägen und einem abrupten Stopp. Als Red Hugh, der aufgestanden war, mit den Füssen zu stampfen begann und mit den Händen zur Musik klatschte, wussten alle Anwesenden, dass er sich für den Sieger entschieden hatte. Ein Sack voller Goldstücke wurde von Seamus und seiner Truppe dankend entgegengenommen. „Auch der Nachwuchs scheint dein Talent geerbt zu haben. Ihr seid hervorragende Musiker und euer Vater kann stolz auf euch sein. Seamus, mein Freund, mach mich mit deinen Kindern bekannt." Àine Caitlin war die Älteste, und als sie vor dem König einen ergebenen Knicks absolvierte, nahm Red Hugh ihre Hand und küsste sie, wie er es normalerweise nur bei Damen gehobenen Adels vollführte. Wunderschöne, tiefgrüne Augen blickten ihm entgegen. Das Gesicht so lieblich und rein, mit einem Mund so sinnlich, dass man sich nach einem Kuss verzehrte. Ihr langes kastanienbraunes, geflochtenes Haar fiel über die linke Schulter bis zu ihrem Taillenband. Als sie sich erhob, stand eine schlanke junge Frau vor ihm, die ihm ein atemberaubendes Lächeln schenkte. Red Hugh verschlug es die Stimme und er schluckte leer. In ihrem samtenen Timbre lag ein Hauch von Stolz, als sie sprach: „Das sind meine Brüder Liam und Eoin. Wir beherrschen alle irischen Instrumente und es macht uns froh, wenn wir mit unserer Musik die Menschen glücklich machen dürfen." Red Hugh gab jedem der beiden hübschen Jünglinge die Hand und wünschte den Geschwistern noch einen schönen Aufenthalt in Dhun na nGall, dann nahm er Seamus zur Seite und sprach leise: „Sag mal, guter Freund, weshalb hast du all die Jahre deine Tochter Männerkleider tragen lassen? Wie konntest du nur diese göttliche Stimme uns vorenthalten?" Der Mann, dessen Haar schon ziemlich ergraut war, wirkte traurig, als er mit rauer Stimme sprach: „Ich hatte meine Gründe. Als vor vier Jahren Aoifa starb und das vierzehnjährige Mädchen die Mutterrolle bei ihren Brüdern übernommen hatte, glaubte ich ihre Schönheit vor den Männern verstecken zu müssen. Ihre Ähnlichkeit mit Aoifa hat mir Angst gemacht. Es war egoistisch von mir, denn ich wollte sie nicht auch noch verlieren. Sie hat selber die Entscheidung gefällt, diesen Wettkampf in einem Kleid und zu Ehren ihrer Mutter zu bestreiten. Àine hat die göttliche Stimme von Aoifa bekommen und ich wünsche mir nichts sehnlicher, als dass sie glücklich wird." Der König verstand seinen Freund nur zu gut, würde auch er nicht nur das Beste für seine eigene Tochter wollen und sie dabei vor allem Bösen beschützen? Àine war nicht nur hübsch und talentiert, sie besass die Bildung und das Benehmen einer Dame. Es beeindruckte ihn zutiefst, wie das Mädchen sich nach dem schrecklichen Tod seiner Mutter um die Brüder und den Vater gekümmert hatte. Bis heute wusste man nicht, was damals geschehen war. Padric O`Riaghàin und Trebhar Mc Murchadha unterbrachen das Gespräch und baten den König um eine Unterredung. Beide waren sehr gute, führende Krieger und treue Untergebene. Da Red Hugh sie gebeten hatte, ein Auge auf Turlough Lunieàch O`Neill und seinen Bruder Cillian O`Domhnaill zu werfen, kamen sie, um ihm Bericht zu erstatten. Trebhar begann mit einem Räuspern. „Sir, wahrscheinlich ist Ihnen aufgefallen, dass Turlough sich immer in der Nähe Ihrer Gattin aufhält und die beiden sich in der Öffentlichkeit etwas zu freizügig geben. Es wird schon spekuliert und gewettet, wann Sir O`Neill Ihre Frau in seinem Bett haben wird." Etwas verlegen von einem Fuss auf den anderen sich wiegend, schaute der breitschultrige, muskulöse Mann mit hochrotem Kopf zu Boden. Red Hugh wurde ernst und sein Ausdruck war verschlossen, als er ihm kameradschaftlich auf die Schultern klopfte und versprach, sich um das Problem zu kümmern. Aufmunternd fügte er bei: „Geh und geniess noch ein wenig die Festlichkeit des Abends." Dann hörte er sich Padric O`Riaghàin an. Die Stärke dieses Mannes lag in der cleveren strategischen Art der Kriegsführung, die dem König schon oft eine grosse Unterstützung gewesen war. Dadurch konnte eine Menge Blutvergiessen verhindert werden. Was er nun zu hören bekam, löste in Red Hugh einen echten Zorn aus. „Ihr Bruder Cillian O`Domhnaill versucht unsere Männer auszuhorchen. Er fragte nach deren Entlohnung und wie viele Krieger neuerdings ausgebildet werden. Dann wollte er noch wissen, wie der König die Strategie gegen England gedenke einzusetzen." „Und wo ist mein verehrter Bruder zurzeit?", fragte der König mit zusammengepressten Zähnen den grossen, athletisch gebauten Mann mit den blondroten Haaren. „Zurzeit befindet sich Cillian O`Domhnaill bei der Zugbrücke, ausserhalb der Schlossmauer und horcht unsere Wachtposten aus." „Danke, mein Freund. Ich werde mich sofort eigens darum kümmern, behaltet ihn die nächsten Tage jedoch weiterhin im Auge." Mit diesen Worten marschierte Red Hugh mit langen weit ausholenden Schritten zur Zugbrücke. Niemand hatte zu dieser späten Stunde mit dem König gerechnet und die, welche noch nicht standen, erhoben sich blitzartig. Cillian liess sich sein Unbehagen über die Erscheinung seines Bruders nicht anmerken. Mit einer heuchlerisch-hinterhältigen Art sprach er mit schriller, viel zu hoher Stimme, die unangenehm aufdringlich wirkte: „Gute und starke Krieger hat Tyrconnell hier mit diesen mutigen Männern." Red Hugh liess sich seine Wut nicht anmerken und sah in die Runde seiner Untertanen. „Ja, das sind sie. Sie würden ihr Leben für den König geben und der wiederum sein Leben für sie und das Volk." Nach diesen Worten gab er jedem seiner Krieger einen Goldtaler aus seinem Geldbeutel und machte seinem Bruder mit einer harschen Handbewegung klar, ihm zu folgen. Auf dem Weg zum Schloss, als niemand sie belauschen konnte, sprach Red Hugh mit kühler, betont ärgerlicher Stimme: „Wenn mein Bruder Fragen hat, so kann er den König morgen aufsuchen und wir werden das, was dir auf der Zunge liegt, miteinander besprechen." Ohne eine Antwort abzuwarten, liess er den verdutzten Cillian zurück und machte sich auf die Suche nach seiner Gattin.

Zu seinem Ärgernis fand er Turlough und Ineen kichernd in einer abgelegenen Ecke. Die skandalöse Körperhaltung endete abrupt, als sie die bekannte, tiefe Stimme hinter sich erkannten. Der König entriss seiner Gattin entrüstet den vollen Weinbecher und übergab ihn Turlough, den er mit eisigem Blick musterte. Etwas unsanft packte Red Hugh seine Frau bei der Hand und zerrte sie hinter sich her: „Ich glaube, du hast für heute genug getrunken!" Mit diesen kurzen Worten führte er sie durch den Hintereingang ins Haupthaus. Laut protestierend und bereits ziemlich angetrunken, versuchte sich Ineen aus der Umklammerung seines Griffes zu befreien, was ihr jedoch nicht gelang. Im Schlafgemach drückte er sie unsanft auf den Bettrand. Drohend, mit den Händen seitlich in die Hüfte gestemmt, stand Red Hugh in voller Grösse vor seiner Gattin. Ihr zorniger Blick und der zusammengekniffene Mund sagten alles. Nach längerem Schweigen erhob der König anklagend seine Stimme: „Was hast du dir nur gedacht, dich in der Öffentlichkeit dermassen liederlich zu benehmen?" Ineen schob trotzig das Kinn vor und entgegnete wütend: „Turlough weiss mich als Frau zu schätzen, Sie, mein König und Gatte, behandeln mich wie eine gewöhnliche Frau. Die wenigen Male, die Sie mich beglückt haben und das Bett mit mir geteilt haben, kann ich an einer Hand abzählen. Bin ich dem ehrenwerten König nicht schön genug?" Eine unheimliche Stille bereitete sich im Raum aus und Red Hugh entgegnete diesmal sehr ruhig, mit einem Anflug von Mitleid in der Stimme: „Du hast recht. Ich werde mir deine Beschwerde durch den Kopf gehen lassen." Nach diesen Worten drehte er sich abrupt um und verliess das Zimmer. Sein Schwert klirrte im Schaft, als er die Treppe hinuntereilte und nach draussen ging. Allmählich war Ruhe eingekehrt und die meisten Leute hatten sich zurückgezogen. In Gedanken versunken verliess er das Schloss zu Fuss. Er bemerkte nicht die Person, die ihm wie ein Schatten gefolgt war und sich in einer sicheren Entfernung verdeckt hielt. Ineen getraute sich aber nicht, ihm in die Dunkelheit ausserhalb des Schlosses weiter nachzugehen. So blieb sie verärgert zurück. Der Zorn, der sie so plötzlich erfasst hatte, brachte ihr den nüchternen Kopf zurück. Eifersucht auf die hübsche Sängerin keimte in ihr auf. Als Red Hugh dieses Mädchen heute angesprochen hatte, war ein Funkeln in seinen Augen gewesen, wie es ihr bei ihm noch nie aufgefallen war. Wirre Gedanken jagten durch ihren Kopf und sie fragte sich, ob er jetzt gerade diese junge Frau aufsuchte. Wütend kauerte sie sich in einer dunklen Ecke nieder, dachte nach und wartete.

Red Hugh wusste nicht, was er hier draussen wollte, wonach genau er eigentlich suchte. Er fühlte sich rastlos und in seinem Inneren herrschte ein Gefühlschaos, wie er es noch nie erlebt hatte. Ineen hatte mit ihren Worten die Wahrheit ausgesprochen, die er sich einfach nicht eingestehen wollte. Da er kein Feigling war, musste er wohl oder übel eine Entscheidung fällen, wie sein Leben mit seiner Angetrauten nun weitergehen sollte. Seit er heute in die unergründlichen grünen Augen geblickt hatte, verfolgten ihn Wünsche, die er sich bisher immer verweigert hatte. Während er so vor sich hin grübelte, entfernte er sich immer weiter vom Schloss. Die Hand am Griff des Schwerts, durchlief er die Wiese, die von den zeltenden Besuchern benutzt wurde. Einige, die es nicht mehr bis zum Schlafplatz geschafft hatten, lagen an den Bäumen angelehnt oder zusammengekauert im kühlen Gras und schnarchten. Plötzlich schreckte ihn eine Bewegung in der Dunkelheit auf und er hörte einen erstickten kurzen heiseren Schrei aus derselben Richtung. Hastig sprang er zwischen zwei Zelten vorbei und sah vor sich zwei miteinander ringende Personen am Boden. Nicht weit davon entfernt lag ein Messer, dessen Klinge im Mondlicht aufblitzte. Als er näher trat, hörte er einen zischenden Fluch: „Du kleines schönes Luder. Dich kriege ich schon noch." Blitzschnell riss Red Hugh den Mann am Nacken seines Hemdkragens nach oben, drehte ihn um und schlug ihm die Faust ins Gesicht. Ein Blick genügte und er erkannte Turlough, der ziemlich betrunken, aber auch überrascht war, dass er erst den zweiten Schlag wahrnahm, der ihm die Nase brach. „Geh mir aus den Augen oder ich prügle dich zu Tode", flüsterte Red Hugh aufgebracht und warf den Mann wie einen Mehlsack zu Boden. Aus Nase und Mund blutend, torkelte Turlough auf unsicheren Beinen davon. Die junge Frau hatte in der Zwischenzeit das Messer in die Hand genommen und war aufgestanden. Sie rückte ihr Kleid zurecht, ohne jedoch die Gestalt vor sich aus den Augen zu lassen. Im Halbdunkeln erkannten sich die beiden. Vor lauter Schreck, den König vor sich zu sehen, liess Àine die Waffe wieder fallen. „Hat er dir etwas angetan?", fragte Red Hugh mit rauer Stimme. Àine starrte ihn wortlos an und schüttelte den Kopf. Als er fragte, wo ihre Brüder seien, schluckte sie zuerst ein paar Mal leer, bevor sie zu sprechen begann: „Sie suchen nach unserem Vater. Wahrscheinlich liegt er irgendwo betrunken herum. Vor vier Jahren haben wir hier unsere Mutter verloren und er kann bis heute ihren Verlust nicht verkraften." Tränen rannen lautlos über ihre Wangen und Red Hugh wischte sie mit seinem Daumen fort. Dann strich er sanft über ihre samtene Haut bis zu ihrem Kinn. „Geh ins Zelt und ruhe dich aus. Der Widerling wird dich nicht mehr belästigen." In seiner Stimme lag eine Zärtlichkeit, die Àine zutiefst berührte. Da stand er vor ihr, der Mann, der sie gerettet hatte und den sie, seit sie ein junges Mädchen war, bewunderte. „Danke!" Mehr brachte sie in ihrem Zustand nicht über ihre Lippen. Ihre Beinmuskeln zitterten noch immer von der Anstrengung des Kampfes, den sie Turlough geliefert hatte, und der Schock darüber kam in ihren weit aufgerissenen Augen zum Ausdruck. Sie fühlte sich schmutzig von seinen intimen Berührungen, seinem Gestank nach Alkohol und Schweiss. Auf wackeligen Beinen schleppte sie sich ins Zelt und fiel erschöpft auf ihre Schlafstätte. Dann weinte sie leise vor sich hin. Red Hugh stand noch eine Weile vor dem Eingang und ihr verzweifeltes unterdrücktes Schluchzen berührte ihn schmerzhaft bis ins Innerste seines Herzens. Am liebsten hätte er sie tröstend in seinen Armen gewiegt, doch er fand es nicht angebracht nach diesem Vorfall sich ihr körperlich zu nähern. So leise wie möglich schlich er davon, sattelte sein Pferd und ritt in die Vollmondnacht.

Ineen sah den blutenden Turlough, wie er torkelnd und leise fluchend den Schlosshof betrat, und rannte ihm zu Hilfe. „Was ist geschehen?" Turlough liess sich dankbar stützen und von der Frau des Königs zum privaten Gemach führen, wo ihre schottische Bedienstete sofort Wasser und Tücher brachte. Dann schickte Ineen sie wieder weg. Sie wusch dem Verletzten das Blut aus dem Gesicht und sprach tröstend auf ihn ein, als sie hörte, dass ihr Gatte ihn so zugerichtet hatte. Den wahren Grund jedoch verschwieg er ihr. „Ich weiss nicht, was mit ihm los ist", heuchelte Turlough. „Er ist eifersüchtig auf dich und völlig verrückt nach dieser Sängerin. Die muss ihm vollständig den Kopf verdreht haben." Diese Lüge war genau das, was Ineen hören wollte, und bestätigte ihre Rachegelüste. So entschied sie bewusst, ihr Bett heute Abend mit Turlough zu teilen.

Red Hugh galoppierte durch die Vollmondnacht zum Lough Eske. Dort legte er sich am Ufer ins Gras und träumte von einem Mädchen mit grünen Augen und einer göttlichen Stimme. Es war noch dunkel, als er entferntes Hufgetrappel vernahm und aus seinem Schlummer erwachte. Behände stand er auf und führte sein Pferd in den kleinen, dichten Wald nebenan. Die Geräusche wurden immer lauter, bis er einen Reiter erspähen konnte, der direkt am Ufer abstieg und ein Bündel aus der Satteltasche zog. Als die Person sich die Mütze vom Kopf nahm, fiel langes dunkles Haar über ihre Schultern, und nachdem sie sich der Männerkleider entledigt hatte, bemerkte er zu seinem Erstaunen, dass da gerade eine nackte Frau ins Wasser watete und badete. Die helle Haut und die weiblichen Rundungen waren im Mondlicht gut sichtbar. Nachdem Àine sich auch noch die Haare gewaschen hatte, begann sie zu frieren und schlang schlotternd die Arme um den Körper. So watete sie langsam durchs Wasser und trat ans Ufer, wo sie erstarrt stehen blieb. Eine grosse Männergestalt stand im Schatten am Ufer und beobachtete sie. Sofort griff sie nach einem Stein, denn das Messer in der Satteltasche war zu weit von ihr entfernt. Die langen tropfenden Haare hingen über ihre kleinen runden Brüste. Den Unterleib bedeckte sie mit ihrer linken Hand, während sie die Rechte mit dem Stein drohend erhoben hatte. Da sie vom Mond beschienen wurde, erkannte Red Hugh Àine und kam langsam näher, dabei sprach er mit rauer Stimme: „Hab keine Angst. Ich werde dir nichts antun." Während sein Blick wie gefesselt auf ihrer Nacktheit ruhte, erkannte Àine den König und liess den Stein zurück auf den Boden fallen. Mit ein paar grossen Schritten war Red Hugh bei ihr, zog seinen Umhang aus und legte ihn sachte über ihre zierlichen Schultern. Dankend hüllte sie den vor Kälte bebenden Körper in den warmen Mantel. Der König war ein stattlicher Mann und überragte sie in der Grösse um mehr als einen Kopf. Red Hugh stand so nahe, dass sie seinen warmen Atem auf ihrer kalten Wange spüren könnte. Sanft nahm er ihr Gesicht in seine grossen, schlanken Hände und küsste ihre vor Kälte zitternden Lippen. Zuerst ganz vorsichtig, dann immer begieriger, bis ihm die junge Frau Einlass gewährte. Die beiden verloren sich in den Küssen und verschmolzen miteinander in der heissen, aufglühenden Leidenschaft.

Conor sass vor seinem neuerworbenen viktorianischen Haus auf der Treppe und starrte auf den Garten, den man eher einen weit angelegten Park nennen konnte. Das Anwesen von alter Herkunft hatte er von seinen Grosseltern geerbt und erst kürzlich im Innenbereich luxuriös umgestaltet. Eine helle, offene Küche mit den neusten Haushaltsgeräten diente seinen selten angewendeten Kochkünsten. Das Bad war frisch renoviert worden und besass jetzt noch einen Whirlpool. Im Untergeschoss befand sich ein Fitnessraum und am Haus angebaut ein Swimmingpool mit überdachten Glasfenstern und Türen, die man in den Sommermonaten öffnen konnte. Ja, Conor war im Reichtum aufgewachsen. Seine Vorfahren, die wie viele damals 1611 aus Irland geflohen waren, hatten einen Zufluchtsort gesucht und sich in Amerika eine neue Welt aufgebaut. Seine Ahnen waren sehr geschäftstüchtig gewesen, hatten sich am Schiffbau und an der Eisenbahnstrecke, auf der die Frachten durch das Land befördert wurden, beteiligt. Im 19. Jahrhundert erblühte New Haven zu einer bedeutenden Industriestadt und vergrösserte sich explosionsartig. Conor O`Neill hatte in Yale, an der bekannten angesehenen Hochschule von Nordamerika, Rechtswissenschaft studiert. Sein Gerechtigkeitssinn war schon in jungen Jahren äusserst ausgeprägt. Durch seinen besten Freund Duncan, indianischer Abstammung, den seine Nachbarn adoptiert hatten, musste er lernen, wie grausam Menschen zueinander sein konnten. So gelobte er sich, dem Recht zu dienen. Doch im Inneren seines Wesens fühlte er sich auch sehr zum Schreiben hingezogen. Seine Mutter Deirdre, eine Pädagogin am Albertus Magnus College, äusserte sich dazu: „Conor, du hast die mystische Ader von deinen Vorfahren geerbt. Lass dich deiner Talente habhaft werden, nur so kannst du dich finden und einmal glücklich werden." Er liebte diese zierliche Frau, die noch mit grauen Haaren schön anzusehen war. Doch wenn sie wieder mit dem Wunsch nach Enkelkindern anfing, dann floh er schnellstmöglich aus ihrer Nähe. Seit ein paar Monaten verbrachte er seine Freizeit mit Riana Miller. Die rothaarige, lebenslustige junge Frau war Schauspielerin am Theater. Ihre Aufführungen zu besuchen und ins Art Center zu gehen waren zurzeit seine neusten Angewohnheiten. Am liebsten jedoch hörte er dem New Haven Symphonieorchester zu. Riana hatte unendlich viele Freunde und Bekannte und schleppte Conor überallhin mit. Im Grunde genommen liebte er mehr die Zurückgezogenheit und die Ruhe im Allgemeinen. Er liebte es, seine Zeit in der Natur zu verbringen und zu lesen oder eben zu schreiben. Jede Frau beneidete Riana um diesen toll aussehenden Mann. Mit seinen dunkelblonden, leicht rötlichen, gewellten Haaren, dem markanten Gesicht und den goldbraunen Augen konnte man ihn nicht übersehen. Dazu kamen seine imposante Körpergrösse und seine athletisch gebaute Figur. Die zierliche energiegeladene Riana daneben war das pure Gegenteil. Ein kleiner Wirbelwind mit einem entzückenden Lachen. Seine Mutter war nicht besonders begeistert gewesen, dass sie eine Verlobungsfeier für ihren Sohn ausrichten sollte. Nicht dass Deirdre Riana nicht mochte, aber sie kannte ihren Sohn wie jede Mutter ihr eigenes Fleisch und Blut am besten. Deirdre versuchte ihn von einer Fehlentscheidung abzuhalten. Als sie Conor ohne Worte nur stirnrunzelnd ansah, meinte dieser etwas enttäuscht: „Wolltest du nicht endlich Enkelkinder?" Deirdre seufzte und entgegnete: „Wenn du Riana liebst, dann soll es mir recht sein." Ihre Worte hatten Conor nachdenklich gestimmt, und als er mit den verschwitzten Kleidern vom Jogginglauf heftig atmend auf der Treppe sass, grübelte er vor sich hin. Liebte er Riana? Sie hatte ein grosses Herz, wusste, wie man ihn zum

Lachen brachte, war gutaussehend und sehr gesellig. Genügte das? Ein trauriger Schmerz breitete sich in seinem Herzen aus. War das Liebe? Er musste dringend unter die Dusche und seine Schwermut wegspülen, denn eigentlich sollte er seiner Mutter für die bevorstehende Verlobungsfeier zur Seite stehen.

Dank dem Wettergott blieb es an diesem Tag trocken, wenn auch etwas kühl. Das grosse Anwesen der O`Neill war nicht wiederzuerkennen. Pavillons mit weissen Tischen und Stühlen waren im Garten aufgestellt worden. Mittendrin eine Tanzfläche, die nicht fehlen durfte. Musiker stimmten gerade ihre Instrumente an und untermalten das emsige Treiben mit ein paar fröhlichen Akkorden. Der Catering Service platzierte Unmengen von Gourmethäppchen und stellte Gläser und gekühlte Getränke bereit. Conor half da und dort, stellte auf Anweisung seiner Mutter die wunderschönen Blumenarrangements um, so dass jedes seinen perfekten Platz fand. Seit vor zwei Jahren Trevor O`Neill an einem Herzinfarkt gestorben war, hatte man in diesem Haus kein Fest mehr veranstaltet. Conor vermisste seinen Vater. Trevor war ein ruhiger geradliniger Mensch gewesen. Fast sein ganzes Leben hatte er als Rektor im Albertus Magnus College verbracht, wo er auch seine Frau Deirdre kennengelernt hatte. Als Mensch war er sehr geschätzt worden. Trevor hatte sich stets für die Probleme der Pädagogen, Schüler und Eltern eingesetzt. Die Urne setzte man auf dem Friedhof New Haven Burial Ground bei, dort schmückte sein Grab ein irisches Kreuz aus grüngrauem Granit. Deirdre O`Neill vermisste ihren Gatten, auch wenn sie sich in keiner Weise etwas anmerken liess. Die Musiker begannen dezent im Hintergrund zu spielen, als die ersten Gäste eintrafen. Darunter befanden sich auch Riana, ihre Eltern und Geschwister mit ihren Familien. Sie bewunderten und lobten die Hingabe von Deirdres Engagement für die Festlichkeiten. Die Familie Miller stammte aus der Mittelklasse, es waren ehrliche angesehene Menschen. Herzliche Küsse wurden ausgetauscht und schon begann der Trubel. Verwandte und Freunde, die meisten aus Rianas Bekanntenkreis, strömten in Scharen herbei. Auch die Mc Morrows, die Nachbarn und Eltern von Duncan, freuten sich eingeladen zu sein und entschuldigten ihren Sohn Duncan, der etwas verspätet eintreffen würde. Die beiden jungen Männer hatten an der Yale University Jura studiert und sich lange Zeit eine Wohnung geteilt. Duncan hatte in New York eine ausserordentlich gute Stellung angeboten bekommen und Conor in New Haven zurückgelassen.

Die Stimmung war ausgelassen und die Tanzfläche übervoll, als Conor sich mit der lachenden Riana am Arm durch die tanzende Paare zum Buffet zwängte, um etwas zu trinken. Auf halbem Weg kam ihnen ein grossgewachsener junger Mann mit rabenschwarzem, glänzendem Haar entgegen. Seine langen Beine steckten in schwarzen Bundfaltenhosen und das dazu passende Jackett hing ihm leger über die rechte Schulter. Er begrüsste Conor mit einer herzlichen Umarmung und klopfte ihm dabei freundschaftlich auf den Rücken. Seine schokoladenbraunen Augen glänzten erfreut, als ihm Riana vorgestellt wurde. Mit seiner rotbraunen Haut und den markanten Wangenknochen sah Duncan nicht nur interessant aus, man hätte meinen können, er wäre mit dem charmanten Lächeln gerade einem Modeheft entsprungen. Rianas Herz pochte so heftig und zum ersten Mal in ihrem Leben war sie sprachlos. „Freut mich dich kennen zu lernen." Eine tiefe sonore Stimme brannte sich in Rianas Inneres ein, und als der Mann sie noch auf die Wange küsste, war es um sie geschehen. Die Beine gaben unter ihr nach und eine kräftige Hand stützte sie an der Taille. Duncan war so nahe, dass ihr sein männlicher Duft mit dem dezenten herben Parfum in die Nase stieg. Dicht an ihrem Ohr flüsterte er: „Geht es dir nicht gut?" Duncan wich vor ihr zurück und schaute sie besorgt an. Immer noch wollte Rianas Stimme ihr nicht gehorchen. Ihre Wangen glühten und die blauen Augen, vor Schock weit aufgerissen, blickten unverwandt auf den Fremden. Dann nickte sie verwirrt und zwang sich ein zaghaftes Lächeln ab. Langsam wandte sie ihr erstauntes Gesicht Conor zu, der daneben stand und seine Stirne besorgt in Falten legte. Die Verwirrung war auch ihm anzusehen. „So aus der Fassung habe ich dich noch nie erlebt", gestand er seiner Verlobten und dabei beschlich ihn ein beklemmendes Gefühl. Dann wandte er sich seinem Freund zu und versuchte heiter zu klingen: „Duncan, was hast du mit Riana angestellt, dass es ihr die Sprache verschlagen hat? Hast du deinen Charme versprüht und sie verzaubert?" Conor versuchte die peinliche Situation wieder in den Griff zu bekommen und schlug Duncan, der noch immer seine Verlobte an der Taille festhielt, kameradschaftlich auf die Schulter. Dieser rückte, wie vom Blitz getroffen, sogleich von Riana ab, die endlich wieder ihre Stimme erlangte. Sie standen sich jedoch sehr nah, als die junge Frau flüsterte: „Ich habe soeben meinen Verstand verloren." Duncan sah die Frau vor sich mit ernsten dunklen Augen an, bevor er langsam, mit rauer Stimme erwiderte: „Das wollte ich wirklich nicht." Sein Puls hämmerte und sein Herz spielte komplett verrückt. Entschlossen, das Richtige zu tun, drehte er sich abrupt um und verliess die Feier, ohne sich nochmals umzudrehen. Gerade, als er die Haustür aufriss, erreichte ihn Conor und hielt ihn zurück. „Hey Duncan, warte einen Augenblick." Die dunklen Augen seines Freundes blickten traurig und leer. „Es gibt darauf nichts zu sagen", gab er murmelnd zur Antwort. „Mehr als eine Entschuldigung kann ich dir nicht anbieten für mein Benehmen", sprach er nun vernehmlich deutlicher und lauter, „es lag nicht in meiner Absicht, deine Verlobte anzumachen. Ich gratuliere dir jedoch zu deiner hervorragenden Wahl und hoffe, dass ihr glücklich miteinander werdet. Nun, ich glaube, ich kann nicht länger hierbleiben." Duncan wollte sich Conor entziehen, doch dieser hielt seinen langjährigen Freund weiterhin hartnäckig fest. Einen Augenblick herrschte ein angespanntes Schweigen zwischen den beiden und ihre Blicke trafen intensiv aufeinander. Man hörte entfernt die Musik erklingen, begleitet von Stimmengewirr und fröhlichem Gelächter. Die verwirrten Gedanken, die Conors Kopf umnebelten und ihn schon zu lange gequält hatten, fingen an sich aufzulösen. Der stetige Druck auf seiner Brust, der ihn seit einiger Zeit so eingeengt hatte, verschwand plötzlich. Nun fiel es ihm wie Schuppen von den Augen, als er endlich Klarheit fand. Sein Blick wurde weich und sein Griff lockerte sich, als er zu seinem Freund sprach: „Du und Riana habt etwas erlebt, das mir bis jetzt versagt geblieben ist. Ihr spürt eine ganz besondere Bindung zueinander und für das brauchst du dich nicht zu entschuldigen. Ich kann und will euch dabei nicht im Wege stehen, denn mein Gewissen versucht mir schon seit langem die Verlobung auszureden. Tief in mir drin wusste ich schon immer, dass Riana nicht meine wahre Liebe ist. Sie ist eine bemerkenswerte, grossherzige und wunderbare Frau, die ein Recht hat, wirklich geliebt zu werden. Ich werde die Verlobung mit ihrem Einverständnis auflösen, damit ihr beiden die Möglichkeit bekommt, euch besser kennen-zulernen." Die erlösenden Blicke, die nun ausgetauscht wurden, sagten mehr als Worte. Duncan nickte wissend und seine Augen schweiften plötzlich über Conors breite Schultern hinweg. Ganz in der Nähe stand Riana. Tränen schimmerten in ihren blauen Augen. Aufgebracht durch ihr Gefühlschaos, war sie den Männern gefolgt und hatte dabei das ganze Gespräch mit angehört. Die Erleichterung, dass sich die Freunde nicht ihretwegen gestritten hatten, liess sie aufatmen. Duncan zog sich leise zurück, um dem Paar die Gelegenheit für eine Aussprache zu geben. Wenig später lösten sie vor der Gesellschaft ihre Verlobung auf. Die Feier wurde aber deshalb nicht abgebrochen. Einige Gäste waren zwar etwas enttäuscht über den Verlauf, aber die meisten lachten und vergnügten sich weiter, als wäre nichts geschehen. Das verkörperte die ungezwungene, freie Art der Amerikaner. Diese Menschen nahmen das Leben, wie es kam, und machten das Beste daraus. Spät am Abend tanzten Riana und Duncan eng umschlungen zu langsamer Musik auf der Tanzfläche, wo sich nur noch einzelne Paare langsam drehten. „Sind die beiden nicht wunderschön anzusehen?" Deirdre gesellte sich zu ihrem nachdenklichen, in sich gekehrten Sohn und schob ihm ihren Arm durch die Ellbogenbeuge. „Diese Entscheidung habt ihr gut getroffen und ich bin stolz auf dich. Trevor, dein Vater, hätte deine Entscheidung gutgeheissen. Da bin ich mir sicher." Tränen standen ihr in den Augen, als sie an ihren verstorbenen Gatten dachte. Doch wenige Augenblicke später hatte sie sich wieder gefasst und verabschiedete gemeinsam mit ihrem Sohn die letzten Gäste.

Conor brauchte Ferien. Mehr, als er geahnt hatte, machte ihm seine innere Unruhe zu schaffen. Eine Ablenkung und eine Luftveränderung würden ihm guttun. So entschied er sich spontan, ins Land seiner Vorfahren zu reisen.

Nach dem langen Flug über den Atlantik nach Europa landete er zuerst in London und flog dann mit einer kleinen Chartermaschine auf die grüne Insel. Am Donegal Airport erwartete ihn ein Privattaxi, das ihn Richtung Nordwesten nach Donegal Town brachte. Exakt zum luxuriösen Hotel Harveys Point am Lough Eske. Conor war fasziniert von der wunderschönen Landschaft Irlands, den weit auseinander liegenden märchenhaften Häusern und ihren gepflegten blühenden Gärten. Der Stolz jedes Einheimischen. Die grüne Insel war etwas ganz anderes als das weite riesige Land Amerikas und ihre Bewohner überaus freundlich und hilfsbereit. Auch wenn das Wetter sehr wechselhaft war und manchmal heftige Stürme vom Atlantik über die Insel fegten, besassen die Menschen ein sonniges Gemüt. Conor war froh, nicht selber am Steuer zu sitzen, denn wie in Grossbritannien fuhr man hier auf der linken Seite. Michael Gallagher, sein Fahrer, war ein ruhiger, aber herzlicher Mann Anfang fünfzig. Sein leicht rötliches Haar war an den Schläfen leicht ergraut. Mit seinen blauen Augen, den einzelnen Sommersprossen und dem freundlichen Lächeln auf dem Gesicht war er ein waschechter Ire. Wenn man noch seinem breiten, lang gezogenen Singsang zuhörte, war man hoffnungslos in Irland und ihre Bewohner verliebt. Conor fühlte sich, als wäre er nach Hause gekommen, auch wenn er dieses Land noch nie betreten hatte. Seine Eltern hatten nie den Mut gefunden, ihren Ursprung zu ergründen. Doch die Geschichten, die sie ihm in seiner Jugend erzählten, hatten ihn seit jeher fasziniert und neugierig gemacht. Ja, er wollte seine Wurzeln kennenlernen und einfach die freien Tage geniessen. Das Hotel war einsame Klasse und das Personal sehr zuvorkommend. Seine Suite, mit Blick auf den See, ein wahrer Traum. Mit edlen, holzverzierten antiken Gegenständen ausgestattet, konnte die Einrichtung mit antiken Schlossgemächern konkurrieren. Das riesige Himmelbett, mit Kissen und Bordüren bestickt, lud ihn ein sich einfach daraufzulegen, was er schliesslich auch tat, nachdem ihm die Empfangsdame den Schlüssel übereicht und ihm einen angenehmen Aufenthalt gewünscht hatte. Sofort versank er in einen tiefen Schlaf und seine Träume führten ihn weit zurück in eine vergangene Zeit.

Einige Stunden später erwachte er ausgeruht vom Jetlag, war jedoch zuerst ein wenig verwirrt, bis er merkte, wo er sich befand. Eine Dusche erfrischte seinen Körper und seinen Geist. Draussen war es schon dunkel. Der kleine Park am See entlang war beleuchtet und lud ihn zu einem nächtlichen Spaziergang ein. Eine leichte Brise liess den See im fahlen Mondlicht tanzen und zwischen den Wolken blitzten einige Sterne am Himmel auf. Die angenehm leicht salzige Luft gelangte bei jedem Atemzug in seine Lungen, und tief befriedigt schlenderte er gelassen den Kiesweg entlang über eine kleine Brücke mit schmiedeeisernen verzierten Geländern. Auf der einen Seite befand sich ein kleiner Teich mit Seerosen und Wasserlilien. Wenn man weiterspazierte, gelangte man zum See und konnte dem mit grossen Steinen angelegten Ufer weiter folgen. Von weitem hörte er Musik, und als er sich dem runden Hotelgebäude näherte, entdeckte er die einladend offen stehende Terrassentür der Bar. Ein Blick ins Innere des heimeligen Raumes genügte, um ihn eintreten zu lassen. Er bestellte sich einen Whisky und setzte sich auf einen Barhocker, ganz in der Nähe des Pianisten, der ein neues Stück zu spielen begann. Angelehnt an der Seite des schwarzen Flügels, erregte eine junge Frau seine Aufmerksamkeit. Ihre langen dunklen Haare wellten sich bis zur Hüfte und ihr grünes Abendkleid reichte bis zu den Fussknöcheln. Goldene hochhackige Riemensandalen, mit glitzernden Steinen besetzt, schmückten ihre zierlichen Füsse. Ihr schlanker Körper wiegte sich im Takt des Rhythmus, und als sie das Mikrophon ansetzte und mit einer leicht rauchigen, exotischen Stimme zu singen begann, durchlief Conor ein wohliger Schauer. Bewegt von der Musik und verzaubert von der fabelhaften Sängerin, sass er wie in Trance versetzt da. Der Barkeeper servierte ihm den Drink, neigte sich zu seinem Gast und sprach mit dem irischen Singsang in der Stimme: „Fantastische Stimme und hübsch dazu, nicht wahr? Aislinn O`Malley und Colin O`Brian am Piano. Rory Cosgrave macht gerade eine Pause. Er sitzt da drüben bei der blondhaarigen Lady. Er spielt echt gut Saxophon, Flöte und Geige." Conor hatte den Blick nicht von Aislinn abwenden können. Wie ein Magnet zog sie ihn in den Bann. Mit halbgeschlossenen Augen unter dunklen, langen Wimpern gab sie sich der Musik hin. Ihre zarten Gesichtszüge mit der langen feingemeisselten Nase und dem schön geschwungenen, vollen Mund wirkten besonders anziehend für jeden Betrachter, der einen stilvollen Geschmack bevorzugte. Am Ende erklang rauschender Beifall von den wenigen Gästen, meist Ehepaaren oder alleinstehenden Männern, die sich zur späten Stunde noch einen Schlaftrunk gönnten. Aislinn lehnte sich neben Conor über die Theke und verlangte ein Glas Wasser. Während sie darauf wartete, kreuzten sich ihre Blicke. Smaragdgrüne Augen, wie man es selten sah, musterten ihn kurz und ein dezentes Lächeln, das ihre Mundwinkel leicht anhob, kam zum Vorschein. Die Sängerin nahm das kühle Wasserglas mit dem Zitronenschnitz dankend entgegen und wandte sich zum Gehen. Conor berührte ihr schmales Handgelenk und hielt sie sanft zurück. Aislinn drehte sich überrascht um und musterte dabei den Fremden entgeistert. Die Augen verärgert zusammen-gekniffen und die Stirne leicht gekräuselt, wollte sie sich gerade brüsk äussern. Doch da kam ihr der junge Mann zuvor. „Entschuldigen Sie meine Aufdringlichkeit, würden Sie sich bitte mit Ihrem Drink zu mir setzen? Es wäre mir eine Ehre, mit einer so schönen Frau, die noch dazu eine solch göttliche Stimme besitzt, etwas zu trinken." Als Aislinn in die goldbraunen, warmen Augen hochsah und den grossen, attraktiven Fremden, der nun neben ihr stand und sie freundlich anlächelte, genauestens gemustert hatte, entspannte sich plötzlich ihr Gesichtsausdruck. Langsam wandte sie sich ihm zu und nahm gelassen auf dem leeren Barhocker neben ihm Platz. „Sie haben gewonnen, Mister?" „Conor O`Neill. Erfreut, Ihre Bekanntschaft zu machen, Mrs. Aislinn O`Malley." Die Augenbrauen leicht in die Höhe gezogen, schüttelte sie seine dargebotene Hand und nippte dann genüsslich an ihrem kühlen Wasser. Die charmante Art dieses Amerikaners und sein charismatisches Auftreten hatten sie geradewegs alle guten Vorsätze vergessen lassen. Sechs Jahre waren vergangen, seit sie die schreckliche Beziehung mit Luis Pérez hinter sich gelassen und ein neues Leben in Europa begonnen hatte. Noch immer war sie traumatisiert, doch dieser Amerikaner war seit langem der erste Mann, ausser Colin und Rory, den sie in ihre Nähe liess. Einige Jahre schon war sie mit der Musikertruppe durch Irland gereist, und sie konnte sagen, dass die beiden zu ihren einzig wahren Freunden zählten. Die goldbraunen Augen musterten Aislinn erwartungsvoll, denn das Schweigen zu brechen lag nun an ihr. „Sind Sie Amerikaner? Was hat Sie nach Donegal verschlagen? Geschäftliches?" Conor liess sich Zeit mit den Antworten. Sein intensiver Blick harrte noch immer auf ihrem Gesicht. „Ich komme aus New Haven, Connecticut und verbringe meinen Urlaub hier im Land meiner Vorfahren. Sie haben auch einen amerikanischen Akzent, wie ich feststellen kann." „Ja", entgegnete Aislinn und senkte ihren Blick auf das Glas, das sie zwischen ihren schlanken Händen hielt. „Aufgewachsen in einem Vorort von New York und nun zurückgekehrt zu den Wurzeln meiner Ahnen." „Sie haben eine wunderschöne Stimme, Aislinn, dies meine ich sehr ernst. In den Konzerten des New Haven Orchestra habe ich schon einige Sängerinnen gehört, aber Sie, meine Liebe, übertreffen mit Ihrem Können und der zauberhaften Ausstrahlung diese bei weitem." Das Piano begann zu spielen und auch Rory stand mit dem Saxophon bereit. Aislinn nahm einen grossen Schluck aus ihrem Glas, schenkte Conor ein Lächeln und rutschte vom Barhocker. Die Hüfte zur Musik schwingend, nahm sie ihre Position an der Seite des Flügels ein und begann zu singen. Das Saxophon untermalte das Ganze und legte in der Mitte des Songs ein fantastisches Solo hin. Dann übernahm Colin mit dem Piano die Führung und zuletzt dominierte Aislinn das Ganze. Ihre Tonlage vollführte einen atemberaubenden Stimmwechsel. Sie begann mit tiefen melodiösen Läufen und endete zuletzt in einer schwindelerregenden Höhe. Diese Eigenkomposition des Trios hallte am Schluss in einem harmonischen Zusammenspiel aus. Die Musiker verneigten sich vor dem Publikum, das nicht mehr aufhören konnte zu applaudieren. Danach schlossen sie den Abend mit einem langsamen melancholischen Liebeslied ab, das jedes Herz gerührt zurückliess. Nachdem Aislinn ihr Glas ausgetrunken und ihren Partnern zum Abschied zugewinkt hatte, eilte sie zielstrebig den überdachten Korridor entlang, der zum Hoteleingang führte. Doch Conor mit seinen langen Beinen liess die Sängerin nicht so leicht entkommen. Am Lift, der zum Hotelkomplex mit den Einzelzimmern führte, hatte der Amerikaner Aislinn endlich eingeholt. „Was wollen Sie?" Die Frage kam abweisend über ihre Lippen und erneut kniff sie irritiert ihre Augen zusammen. Conor liess sich jedoch nicht abweisen und entgegnete mit einem freundlichen Lächeln: „Ich würde Sie gerne ein Stück begleiten." Genervt durch seine Beharrlichkeit, warf sie eine lange, gewellte Haarsträhne über die Schulter und murmelte mürrisch, dass sie keine Begleitung wünsche. Dann drückte sie auf den goldenen Liftknopf. Conor, zuerst etwas perplex von ihrer Unfreundlichkeit, entgegnete mit ernster, aber bestimmter Stimme: „Sie müssen entschuldigen. Normalerweise ist es nicht meine Art, mich jemandem aufzudrängen, aber Sie faszinieren mich wirklich sehr. Ich möchte Sie gerne auf Ihr Zimmer begleiten." Aislinn zwängte sich, noch bevor der Lift sich ganz geöffnet hatte, durch die halbgeöffnete Tür und entgegnete in einem leicht spöttischen Tonfall: „Der Gentleman möchte natürlich auch zur Türe hereingelassen werden. Aber das funktioniert bei mir nicht, Mister O`Neill." Conor war ihr inzwischen wie selbstverständlich in den Aufzug gefolgt. Verärgert über diese Frechheit, funkelte Aislinn ihn mit den grünen Augen böse an, ihre Lippen presste sie dabei fest zusammen. Diese absonderliche Situation, in der er gerade steckte, fand Conor komisch. In seinem ganzen Leben musste er noch nie einer Frau nachrennen und gerade diese Ironie des Schicksals hatte ihn nun eingeholt. Die nüchterne Einsicht über seinen plumpen Annäherungsversuch entlockte ihm ein nervöses Kichern und sein Mund verzog sich zu einem schrägen Grinsen. Als Conor jedoch bemerkte, dass Aislinn sein Lachen missverstand, versuchte er sofort seine unbeherrschten Emotionen in den Griff zu bekommen. Mit ernster Stimme und deutlichem Bedauern stellte er klar: „So wie ich das sehe, haben Sie noch nie einen ehrenwerten Mann kennengelernt." Aislinn behielt ihre kühle Fassade bei, während sie gleichzeitig mit Conor aus dem Lift trat. „Ein ehrenwerter Mann! Was ist das?", grummelte sie vor sich hin und marschierte in steifer Haltung den Korridor entlang. Conor folgte ihr schweigend. Als sie nach ein paar Schritten ihre Zimmertür erreichten, ergriff Conor die Hand der verdutzten Aislinn und hauchte sanft einen Kuss darauf. „Ich wünsche Ihnen eine geruhsame Nacht und einen Traum von einem ehrenwerten Mann." Nach diesen Worten drehte er sich amüsiert um und verschwand eilig um die Ecke des Flurs. Diesmal nahm er die Treppe, so konnte er seine Anspannung loswerden.

Mit zitternden Fingern öffnete Aislinn die Tür, trat in das geräumige Zimmer und verschwand sofort ins angrenzende Bad. Dort kühlte sie ihr gerötetes und erhitztes Gesicht mit frischem Wasser. Dann sah sie in den Spiegel und erblickte eine verängstigte, traumatisierte Frau. Luis hatte sie oft wütend gemacht und es dann genossen, ihr seine Macht zu demonstrieren. Zuletzt brach er noch ihren Willen und sie verlor damit den letzten Rest an Selbstachtung. Die Erinnerungen daran taten noch immer sehr weh. Die starke Ausstrahlung des Amerikaners und sein irritierendes Benehmen waren jedoch nicht mit dem vergleichbar, was sie erlebt hatte, musste Aislinn sich eingestehen. Oder begann der Albtraum von neuem? Zuerst war Luis so charmant und zuvorkommend gewesen, dann, als sie seine Geliebte wurde, begann er sich zu wandeln und sie erkannte den Mann nicht wieder. Ein kalter Schauder lief ihr den Rücken hinunter und Angst schnürte ihr die Luft ab. Sie stützte sich am Waschbecken ab, um ihren Körper aufrecht zu halten. Nein, sie hatte sich geschworen, nie mehr einem Mann zu vertrauen. Immer noch am ganzen Körper zitternd, nahm sie eine warme Dusche, putzte sich die Zähne und schlüpfte mit ihrem zartrosa, seidenen Pyjama ins grosse Bett. Die Decke bis ans Kinn gezogen, schlief sie sofort erschöpft ein. Mitten in der Nacht erwachte sie. Ein sachtes Streicheln über ihren Rücken hatte sie geweckt. Doch als sie die Augen öffnete, lag sie alleine ausgestreckt auf dem Bauch in ihrem Bett. Hatte sie sich etwa das Ganze nur eingebildet? Das war unmöglich, denn ihre Haut kribbelte und fühlte sich ungewohnt heiss an, dort wo sie berührt worden war. Es war nur ein Traum, eine Illusion, so sagte sie und schlief wieder ein.

Conor fand lange keinen Schlaf. Tiefsinnige irritierende Gefühle, die schon beinahe verletzend wirkten, wurden durch die Begegnung mit Aislinn in ihm ausgelöst. So eine Beschämung hatte er das ganze Leben noch nie erlebt. Das weibliche Geschlecht wurde von ihm normalerweise magnetisch angezogen, was manchmal sehr unangenehm werden konnte. Ohne Begleiterin umschwirrten ihn umgehend die attraktivsten Frauen. Seine Mutter hatte ihn oft damit aufgezogen und sich dann dezent geäussert: „Du bist wie der Nektar einer Blüte und ziehst die emsigen Bienen an." Über diesen Spruch musste er noch heute schmunzeln. Aber gerade bei Aislinn hatte seine Anziehungskraft offenbar nicht funktioniert. Diese attraktive Frau war abweisend gewesen und seine Beharrlichkeit hatte sie verärgert. Vielleicht war seine Annäherung ja etwas zu stürmisch gewesen, was normalerweise nicht seinem Wesen entsprach. Gerade das brachte ihn zum Nachdenken. Tief in den grünen Augen hatte er einen Hauch von Unsicherheit und Ängstlichkeit wahrgenommen. Eine tiefsitzende Verletzung, die wie eine Narbe in der Seele eingebrannt war, könnte der Grund dafür sein. Beim Nachdenken kam ihm plötzlich die Erleuchtung. Vielleicht hatte ein Mann der jungen Frau einmal schrecklich wehgetan? So könnte es gewesen sein, dachte Conor erleichtert. Aus diesem Grund liess sie es auch nicht zu, jemanden in ihre Nähe zu lassen. Ablehnung und Wut benutzte sie als eine Art Schutzschild. Sein Ziel, Aislinn für sich zu gewinnen, hatte sich in seinem Kopf eingenistet und ein O`Neill oder ein O`Domhnaill, die einst seine Vorfahren gewesen waren, würde seine Pläne nie aufgeben. Das Kämpfen und Siegen war ihnen angeboren.

Dhun na nGall, September, 1578

Red Hugh erreichte das Schloss vor dem Morgengrauen. Nachdem er sich gewaschen und ein Schreiben, das die Annullierung seiner Ehe enthielt, unterschrieben und versiegelt hatte, nahm er sein Frühstück zu sich. Begleitet von seinen treuen Hunden, spazierte er durch den Schlosshof zum Markt, wo sich schon einige Menschen versammelt hatten, um zu kaufen, verkaufen oder Ware zu tauschen. Der König grüsste und wurde seinerseits freundlich begrüsst. In zwei Tagen würde das Erntedankfest vorüber sein. Doch heute Abend freute er sich besonders auf die Musiker. Diesmal wurden alte Volkslieder vorgetragen. Am Nachmittag jedoch verlieh man Preise an die verschiedensten Künstler. Diesen bildenden Arten gehörten die Malerei, die Steinhauerei, die Holzschnitzerei, das Weben und das Sticken an. Nur die Besten wurden vom König gefördert und auch finanziert. Seine Stimmung hob sich vehement in Anbetracht dieser Dinge. Beim Rückweg traf er auf Padric O`Riaghàin, dabei erinnerte er sich an Cillian O`Domhnaill und seine Miene verfinsterte sich. „Sag meinem Bruder, dass ich ihn noch vor dem Mittag sprechen will, und wenn dir Turlough Luineàch zu Gesicht kommt, so möchte ich ihn ebenfalls sprechen." Padric nahm seine Wünsche zur Kenntnis und nickte dem König zum Abschied zu. Red Hugh schritt eilig ins Castle und verlangte nach Ineen.

Das Klopfen der Bediensteten schreckte Ineen, die nackt an ihren Geliebten gekuschelt war, auf. Nachdem sie erfahren hatte, dass der König nach ihr verlangte, weckte sie Turlough, zog sich an und liess sich die Haare zu einem langen Zopf flechten. Verschlafen und gesättigt von den Liebesspielen der Nacht, öffnete Turlough die geschwollenen Augen. Bei

Tageslicht sah man sein von blauen Flecken entstelltes Gesicht. Auch seine blutverkrustete Nase war kein schöner Anblick. Ineen strich ihm zärtlich über die Wangen und erklärte fürsorglich, dass er sich noch ein wenig ausruhen solle. „Hier bist du in Sicherheit, denn der König tritt nie über diese Schwelle." Mit einem Kuss und dem Versprechen, ihm etwas Essbares mitzubringen, schritt sie aus dem Zimmer. Auf dem Weg zum Speisesaal traf sie auf der Treppe Cillian, den widerlichen Bruder des Königs, an, der ihr mit finsterem Gesicht entgegenkam. Mürrisch fragte er nach seinem Verbündeten: „Hast du Turlough gesehen?" Ineen schüttelte den Kopf und wollte schnell weitergehen. Cillian hielt sie jedoch unsanft zurück und war nah genug, dass er ihr zuflüsterte: „Er soll mich aufsuchen. Die Sache ist äusserst wichtig." Dann eilte er mit klirrendem Schwert im Schaft davon.

Red Hugh stand am Fenster, den Rücken Ineen zugewendet, als sie nach einem Klopfen seinem Befehl folgte und eintrat. Sie gab sich demütig, knickste ehrerbietig und sprach mit belegter Stimme: „Sie haben nach mir verlangt!" Der König drehte sich langsam um, musterte seine Gattin und erhob dabei ernst eine Braue. Ihr sonst so makelloses Gesicht wirkte aufgedunsen und dunkle Ringe umschatteten ihre blauen Augen. „Ich habe mir deine Worte durch den Kopf gehen lassen und eine Entscheidung gefällt. Unsere Ehe wird annulliert und als Schadenersatz bekommst du genug Goldstücke, um entweder nach Schottland zurückzukehren oder Turlough zu heiraten. Das liegt ganz allein in deinen Händen." Er übergab ihr einen gefüllten Sack mit Goldmünzen und dazu ein Stück gelb eingefärbtes Papier, das mit seinem Siegel verschlossen war. Auf dem Schriftstück war die Annullierung ihrer Ehe niedergeschrieben. Beinahe gierig ergriff Ineen ihre Abfindung und den Brief, verbeugte sich erneut und verliess wortlos den Raum.

Turlough, der sich inzwischen angezogen hatte, erwartete seine Geliebte voller Erwartung und Neugierde. Als Ineen mit geröteten Wangen eintraf, ihm einen Teller mit Essen reichte, stürzte er sich darauf und hörte zu, was sie ihm zu berichten hatte. Ineen zeigte sich zornig darüber, so schnell und kalt auf die Seite geschoben worden zu sein. Doch als Turlough seine aufgebrachte Geliebte tröstend an die Brust zog, sah Ineen nicht, wie er verschmitzt in sich hinein lächelte. In diesem Moment hatte er einen Plan gefasst, wie er sich an Red Hugh rächen konnte. „Mein Goldstück", schmeichelte er Ineen, „natürlich werde ich mich um dich kümmern. Du wirst in meinem kleinen Reich wohnen und von mir beschützt werden. Pack deine Sachen und mach dich bereit zum Aufbruch." Mit diesen Worten verliess er das Gemach und versuchte ungesehen zu den Stallungen zu gelangen, wo er hoffte einen Wagen und ein Pferd zu bekommen. Doch der treue Krieger Trebhar fing den gesuchten Halunken ab und führte ihn zum King of Tyrconnell. Red Hugh war sichtlich erfreut über das zerschundene Gesicht seines Rivalen. „Eigentlich hättest du für die versuchte und missratene Vergewaltigung eine höhere Strafe verdient, doch ich gebe dir noch eine letzte Chance, um endlich dein Leben in den Griff zu bekommen. Heirate Ineen und mach sie glücklich, denn sie bewundert dich." Liebe war etwas, das weder Turlough noch Ineen fähig waren zu geben, aber das wusste der König zu dieser Zeit noch nicht. Auch dass der Verräter zu einem Todfeind heranwachsen würde, blieb ihm damals verborgen.

Der letzte Abend begann traditionell mit beschwingten, fröhlichen Liedern. Es wurde ausgelassen getanzt und viel

Bier getrunken. Zu später Stunde, als sich der Trubel etwas beruhigt hatte, wurde entsetzt festgestellt, dass Seamus O'Greene verschwunden war. Àine wollte nicht allein beim Zelt bleiben. Der Schreck des gestrigen Angriffs sass noch zu tief. So entschied sie sich ihre Brüder Liam und Eoin bei der Suche zu begleiten. Nahe am River Eske fanden sie endlich ihren Vater, der, halb zu Tode geprügelt, bewusstlos im Gras lag und stark blutete. Seine Söhne trugen ihn zum Zelt, wo Àine sich um den Verletzten kümmerte. Während sie seine Wunden säuberte und das Blut wegwusch, rief man nach einem Arzt. Wenig später kam der Mediziner, gefolgt vom König, der die schreckliche Nachricht gerade noch rechtzeitig erhalten hatte, bevor er sich in sein Gemach zum Schlafen zurückziehen wollte. Die Geschwister traten nach draussen, um den Schwerverletzten der Obhut des Fachmannes anzuvertrauen. Àines Augen waren tränenverschleiert und sie zitterte am ganzen Körper. Red Hugh nahm ihre Hände in seine und sprach beruhigend auf sie ein. „Wir werden alles Mögliche für Seamus tun, um ihn zu retten." Bevor er dem Arzt ins Zelt folgte, gab er den beiden jungen Burschen die Anweisung, sich mit ihrer Schwester hinzusetzen. Seamus erwachte aus der Bewusstlosigkeit und litt unter qualvollen Schmerzen. Er stöhnte laut auf, als man die Wunden inspizierte. Der Arzt sprach leise zum König: „Der Mann hat innere Verletzungen und wird die Nacht nicht überleben." Red Hugh kniete sich nieder und griff nach Seamus' Hand. Der berühmte Musiker war so schwach, dass er nur mit Mühe sprechen konnte: „Mein König und ehrenwerter Freund, bitte sorge nach meinem Ableben für meine Kinder und suche für Àine, meine Älteste, einen guten Mann." Erschöpft fiel sein Kopf zur Seite, dabei schloss er die Augen und versuchte röchelnd nach Luft zu schnappen. Red Hugh beugte sich nieder und drückte dem leidenden Mann beruhigend die

Hand. Sein Wort, das der König ihm darauf gab, war ein ehrenvolles, feierliches Versprechen. „Sag mir noch etwas, mein Freund, wer hat dir das angetan?" „Es war zu dunkel, um etwas zu erkennen, aber es waren zwei kräftige Burschen gewesen, die mich von hinten angefallen haben." Bevor seine Stimme ganz brach, flüsterte Seamus noch unverständliche Worte: „Nimm dich vor Turlough in Acht und lass ihn ja nicht in die Nähe von Àine. Aoifa ..." Red Hugh hatte sich so nahe zu ihm niedergebeugt, dass ihm kaum etwas entgangen war. Diese letzten Worte waren nur noch ein Hauch und brannten sich rätselhaft in seinen Kopf ein. Was wollte der Mann ihm über seine verstorbene Ehefrau berichten?

Am nächsten Tag wurde Seamus im Friedhof von Dhun na nGall neben seiner Frau begraben. Der franziskanische Abt Seosamh O`Sullivan erwies ihm die letzte Ehre. Àine stand neben ihren Brüdern an der Seite des Königs. Ihre Haut war blass und die Augen vom Weinen geschwollen. Als Red Hugh bemerkte, dass sie zusammenbrach, konnte er sie gerade noch ergreifen, bevor sie bewusstlos zu Boden glitt. Quer über seine starken Unterarme legte er ihre Beine und bettete den Oberkörper an seine breite Brust. So trug er Àine in sein Gemach, wo er sie vorsichtig auf sein Bett legte und nach Enya Mc Dorell verlangte. Die ältere Frau war früher sein Kindermädchen gewesen, und da er grosses Vertrauen in sie hatte, bat er um ihre Hilfe. Enya kam sofort und an ihrem Blick erkannte er die mütterliche Fürsorge. Ihr waren Mann und Kinder versagt geblieben. Das ganze Leben hatte sie den königlichen Nachkommen gewidmet und in Zukunft würde sie auch Nualas und Red Hughs Kinder pflegen. Voller Mitgefühl beugte sie sich über die zierliche blasse Gestalt und sprach leise, mehr zu sich selbst: „Das arme Geschöpf braucht Ruhe und Fürsorge. Als junges Mädchen musste sie schon so tapfer sein, die Mutter den kleinen Brüdern ersetzen, den Vater unterstützen und jetzt liegt alles ganz allein in Àines Händen. Gott hat ihr eine grosse Bürde auferlegt." Red Hugh versprach Enya, sich der Familie anzunehmen. Ein erlöster Seufzer entrang sich der älteren Frau und sie küsste dem König dankbar die Hand. „Gesegnet sollen Sie sein, mein Herr." Mit einem guten Gefühl verliess er die zuverlässige Enya und liess seinen Musiker Seàn O`Sullivan rufen. Der alte Mann mit seinen ergrauten Haaren, die ihm struppig nach allen Seiten abstanden, kam humpelnd herangeeilt. Seine abgenutzten Knochen schmerzten und er sah müde aus. Red Hugh schlug dem alten Mann vor, sich in den Ruhestand zu begeben und den jungen O`Greene-Kindern sein Amt zu vermachen. Selbstverständlich werde er noch bis zu seinem Lebensende entlohnt. Sean war offensichtlich sehr zufrieden mit dieser Lösung, denn er begann zu strahlen und dankte dem König, dass er sein Leben von nun an leichter nehmen durfte.

Liam und Eoin wurden ans Bett ihrer Schwester gebracht. Unter der liebevollen Aufsicht Enyas trank sie Kräutertee und ihre Wangen, die etwas Farbe bekommen hatten, wurden noch rosiger über die Neuigkeit, die der König den dreien offenbarte. Ein Leuchten gelangte in ihre grünen Augen. „Geht zu Padric O`Riaghàin. Er wird euch im Dorf eine Hütte zuteilen", ordnete Red Hugh gegenüber den Brüdern an, und als Àine aufstehen wollte, hielt er sie sanft zurück. „Du nicht! Um dich werde ich mich persönlich kümmern. Leg dich hin und ruhe dich aus." Mit seinen starken Armen drückte er das Mädchen wieder sanft in die Kissen zurück und schaute sie mit diesen goldbraunen, warmen Augen so intensiv an, dass sie eine glühende Hitze im ganzen Körper verspürte. Ihre Wangen wurden noch röter, denn sie erinnerte sich an den

Morgen, als der König sie nackt am See vorgefunden und ihr rücksichtsvoll seinen Umhang umgelegt hatte, um sie nicht zu beschämen. Dann hatte er sie leidenschaftlich geküsst. Es war ihr erster intimer Kuss gewesen und er hatte sie so tief berührt, dass sie seither jede Nacht davon träumte. Als sie sich im Wald umgezogen hatte und ihm nachher dankend den gefalteten Umhang überreichte, hatte er ihre Hand genommen und mit seiner tiefen, warmen Stimme geantwortet: „Du hast mich verzaubert, schöne Àine." Mit einem verlegenen Lächeln zog sie ihre Hand zurück, stieg auf das Pferd und verschwand im schnellen Galopp in der Dunkelheit. Àines Tagträume musste Red Hugh ihr angesehen haben, denn er lächelte und strich ihr sanft über die feingliedrigen, langen Finger. Wie von einem Zauber gebannt, nahm Àine wortlos seine grosse Hand und führte sie an ihre erhitzte Wange. Damit zeigte sie dem König ihre Zuneigung und Dankbarkeit. Die Geste berührte Red Hugh so tief, dass er sich niederbeugte und sie zärtlich auf den Mund küsste. Es war eine sanfte, kurze Berührung der Lippen, und bevor er sie verliess, versprach er am Abend wiederzukommen, dabei legte er Àine ans Herz etwas zu schlafen.

Spät in der Nacht erwachte Àine, als sich die Matratze unter ihr senkte und ein nackter grosser Mann sich neben ihr unter die Decke legte. Es war Red Hugh. Sie konnte ihn riechen. Seinen herben, männlichen Geruch hatte sie seit der Begegnung am Lough Eske nicht vergessen können. Sie rückte zaghaft zur Seite, um ihm Platz zu machen, doch er drückte seine muskulösen, behaarten Schenkel noch dichter an ihr baumwollenes, langes Nachthemd, das Enya ihr gebracht hatte, nachdem sie von Kopf bis Fuss gewaschen worden war. Sie konnte sich kaum mehr erinnern, wann sie das letzte Mal so verwöhnt wurde. Es lag weit zurück in ihrer Kindheit, als ihre Mutter noch gelebt hatte und sie mit Fieber im Bett liegen musste. Aoifa hatte sie mit Haferbrei gefüttert, weil sie so schwach war, und die heisse Stirne mit einem feuchten Lappen gekühlt. Sie wurde jäh aus ihren Gedanken gerissen, als sich ein muskulöser Arm unter ihren Körper schob und sie auf Red Hughs breite Brust gehoben wurde. Sie erstarrte, doch als ein wohliges, tiefes Brummen ertönte, wusste sie, dass dieser Mann ihr niemals wehtun könnte. Schon bald folgte sie seinen tiefen, regelmässigen Atemzügen in den Schlaf.

Am nächsten Morgen erwachte Àine. Sie lag auf einem warmen, harten Männerkörper und eine grosse Hand liebkoste ihren Rücken. Mit dem Erwachen kam auch die Erinnerung zurück. Den Atem anhaltend, hob sie sachte den Kopf und sah direkt in strahlende goldbraune Augen. Unter ihr lag der König, der sie anlächelte. Errötend legte sie den Kopf wieder auf seine behaarte, muskulöse Brust und schluckte leer. Sie hielt den Atem an und versuchte dabei langsam von ihm herunterzurollen. Doch wenn sie sich bewegte, drückte sich seine harte Männlichkeit nur noch stärker an ihren Bauch. Erstarrt blieb sie regungslos liegen und wartete, was geschehen würde. Zuerst wurde sie von seinem stummen Lachen durchgeschüttelt und dann hoben sie starke Arme hoch und legten sie sanft auf die Seite. Red Hugh stand auf, kehrte ihr den Rücken zu und schlüpfte in die Hose. Dann nahm er sein Hemd, das am Bettpfosten hing, knöpfte es langsam zu, während er sich Àine zuwandte und etwas von Frühstück brummelte. Seine Stimme klang etwas rau und belegt. Um seine ausgetrocknete Kehle zu befeuchten, trank er aus dem Becher, der auf der Nachttischkommode stand. Dann reichte er ihn an Àine weiter, die an dem frischen, kühlen Wasser nippte. „Ich kann aufstehen und für uns Frühstück machen", erwiderte sie, als wäre es reine Selbstverständlichkeit. Verlegen lächelte sie zu dem grossen, imposanten Mann hoch. Red Hugh strahlte zurück und antwortete freundlich: „Ich werde das Frühstück aufs Zimmer bringen und in der Zwischenzeit kannst du dich anziehen."

Wenig später brachte er einen Teller gefüllt mit Obst, Käse, Fleisch und Brot. Hinter ihm folgte Enya mit einem Krug frischer Milch. „Na, wie geht's dir denn, meine Kleine", wollte sie wissen und tätschelte dabei freundschaftlich ihre Hand. „Viel besser dank Ihnen", antwortete Àine und hielt einen Augenblick die andere Hand sanft gedrückt. Der König beobachtete den herzlichen Austausch zwischen den Frauen und spürte die Wärme, die von ihnen ausging, bis in sein Herz fliessen. „Ich werde euch nicht länger aufhalten, esst nun." Bevor die ältere Frau aus der Türe verschwand, rief Red Hugh: „Enya, ich habe einen Auftrag für dich. Durchsuche die Truhe meiner Mutter nach Kleidern und frag Nuala, ob sie dir hilft. Vielleicht findet ihr etwas Passendes für Àine zum Anziehen." Begeistert über den Vorschlag, machte sie sich an die Arbeit. Red Hugh und Àine setzten sich aufs Bett und genossen das königliche Frühstück. Danach zog Red Hugh das junge Mädchen auf die Füsse, kniete vor ihr nieder und sprach feierlich: „Würdest du, Àine Caitlin O`Greene, mich, den König von Tyrconnell, heiraten?" „Oh ...!", das war das einzige Wort, das Àine herausbrachte, bevor sie zu stottern begann: „Aber ... mein Herr ... und König, Sie sind doch schon verheiratet." Sie war so hinreissend, wie sie sich zutiefst entsetzt Sorge um seine Ehre machte, dass er sie beruhigt an seine Brust drückte. „Meine Ehe wurde gestern annulliert. Ich bin frei und möchte niemanden an meiner Seite haben ausser dir, Àine. Übersetzt man deinen Namen, so beinhaltet er Freude, Genuss und Glanz. Du sollst all das in meinem Leben bringen. Mit deinem Gesang hast du mich verzaubert und wirst mich nie mehr los." Àine war so berührt von seinen Worten, dass ihr die Tränen kamen. Unter Schluchzen erwiderte sie: „Als ich zwölf Jahre alt war und du mir zum ersten Mal begegnet bist, habe ich mich in dich verliebt. Kein Mann hat mich je so tief berührt. Doch ich war überzeugt, dass dies nur ein Traum bleiben würde. Doch jetzt …" Sie konnte nicht mehr weitersprechen, umklammerte seine entgegengestreckten Arme und liess sich von ihm an seinen starken harten Körper drücken. „Heisst das Ja?" Mit Tränen in den Augen hob sie den Kopf, nickte Red Hugh zu, der mit ihr vor Begeisterung durch das ganze Zimmer tanzte und dabei laut jubelte. Endlich konnte er seine tiefe Sehnsucht im Herzen stillen, denn er hatte sie in Àine gefunden.

Die Hochzeit wurde im kleinen Kreis drei Tage später in der franziskanischen Monasterie abgehalten. Àines Brüder waren dabei, Nuala, Red Hughs Schwester mit ihrem Gatten Niall Gave und seine treuen Untertanen Padric O`Riaghàin und Trebhar Murchada. Der Abt Seamus O`Sullivan vollzog persönlich die Trauung.

Conor verbrachte die ersten drei Tage seines Urlaubs mit
Marie Gallagher, der Frau seines privaten Taxiunternehmers.
Die kleine, energiegeladene Irin mittleren Alters mit
schulterlangen, blonden Haaren und freundlich strahlenden,
blauen Augen war eine begeisterte Führerin und wusste alles
über die ursprüngliche Geschichte der Insel zu berichten. Sie
begleitete Conor mit Herz und Seele auf den Touren durch das
County Donegal. Der erste Tag führte die beiden in den
Glenveagh National Park. Diese sehnsuchtsvolle,
wunderschöne Wildnis unterteilte sich in drei Gebiete. Im
Westen erstreckten sich besonders quarzreiche Berge und auf
der entgegengesetzten Seite sah man einen Teil des
Derryveagh-Gebirges. Inmitten dieses Tales lag ein
ursprünglicher See, an dem das prachtvolle Glenveagh Castle
lag, das von dem Briten Lord Adair als Sommerresidenz
erbaut worden war. Eine Besichtigungstour durch das
imposante Schloss, das sich bis heute in einem
ausserordentlich guten Zustand befand, beeindruckte Conor
sehr. Auch wenn es vor mehr als hundert Jahren entstanden
war, so liess es das Herz jedes Historikers höherschlagen. Mrs.
Adair, eine Amerikanerin, war verliebt in diese Gegend und
hatte beschlossen, einen wunderschönen Garten anzulegen.
Mit speziellen, exotischen Pflanzen und Bäumen, die Lord
Adair von seinen fernen Reisen mitgebracht hatte, entstand
dort ein einzigartiges Paradies, das jeden Besucher und
Naturliebhaber in den Bann zog. Conor nahm sich vor, später
noch einmal speziell der Umgebung des Nationalparks einen
Besuch abzustatten und seine Wanderausrüstung
mitzunehmen. Auf dem Rückweg über den Pass vorbei an der
Rückseite der zerklüfteten Derryveagh Mountains sahen sie
von weitem den legendären Mount Errigal, den höchsten Berg

im Donegal County. Nach Crolly und Loughanur, wo man bis heute die ursprüngliche gälische Sprache und die Musik sehr schätzt, erreichten sie einen Teil der wilden Atlantikküste. Der Anblick ist atemberaubend. Die Aussicht auf das von der Sonne beschienene blaue Meer und den menschenleeren Sandstrand in einer Bucht lud einen zum Baden ein. Es folgten weitere idyllische Plätze, wenn man dem Atlantik Way folgte. Später bogen sie ab und überquerten das Landesinnere. Die Landschaft war von weit verstreuten Farmhäusern und kleinen Dörfern besiedelt. Überall die typischen eingezäunten Natur- und Steinmauern mit den sattgrünen Wiesen. Bevor sie Donegal erreichten, sichteten sie die Bluestack Mountains zur linken Seite. Die Gegend öffnete sich und wurde weiter. Die Steinhäuser wirkten edler und das Tal des Lough Eske kam in Sicht. Die Fülle der Natur um den See war wirklich eine Augenweide und Conor empfand eine starke innere Verbundenheit, als würde er nach Hause zurückkehren. In seinem grosszügig angelegten Wohnraum lud er seine Fotos auf den Laptop und schickte einige davon mit ein paar netten Worten an seine Mutter. Dann legte er sich entspannt auf sein Bett, wo er sofort einschlief. Um acht Uhr abends genoss er das deliziöse Menü im Speisesaal. Später entschied er, sich einen Drink an der Bar zu genehmigen. Auch diesmal lud er Aislinn ein sich neben ihn zu setzen. Er erzählte von seinem Ausflug und genoss es, dass die grünen Augen ihn unverwandt musterten und ein reges Interesse bekundeten. Am Ende ihres Auftrittes begleitete Conor sie wieder zu ihrem Zimmer und brachte sie zweimal zum Lächeln. Tief aus ihrer Kehle drang ein raues, aber herzliches Lachen, das ihn sehr berührte. Fast hätte er sich dazu hinreissen lassen, die verwundbare Schönheit zu umarmen, liess es aber dann doch lieber sein. Doch stattdessen küsste er sie zum Abschied sachte auf ihre vollen Lippen. Sie wurde nicht wütend über seine Kühnheit, sondern senkte nur den erröteten Kopf, um so ihre Verlegenheit zu verbergen. Dann verschwand sie blitzschnell durch die Tür. Erfreut über seinen kleinen Erfolg schlenderte Conor davon.

Am nächsten Morgen erwartete ihn Marie mit dem silbernen Mercedes für den Ausflug entlang der Wild Atlantik Coast. An der kleinen Küstenstrasse entlang der Donegal Bay gegen Norden traf man auf einzelne Dörfer, die an die Steilhänge gebaut worden waren. Die verstreut liegenden, soliden Steinhäuser, die an der Küste nur zu oft dem stürmischen Wetter standhalten mussten, gehörten meistens Farmern oder Fischern. Die Strasse führte vorbei an steilen Wiesenhängen, die sich bis an die See hinunterzogen und unterteilt wurden durch Steinmauern oder Naturbüsche. Zugleich waren es ideale Weideflächen für Schafherden und vereinzelte Kuhherden. Die Wolle, das Schaffleisch und die Fischerei waren Teil der Einnahmen der Bewohner in der Küstenregion. Die nächste grössere Stadt war Killybegs. Sie besass einen riesigen Fischereihafen mit einer dazugehörenden Markthalle, wo täglich die Fischbörse abgehalten wurde. Dort konnte man alles, was aus den reichhaltigen Gewässern des Atlantiks stammte, frisch ersteigern. Zum Teil wurden die Fische mit Kühlwagen in den Süden der Insel transportiert, von wo aus sie mit Frachtschiffen bis nach Japan exportiert wurden. Grosse Fischerboote ankerten an der Hafenmauer und emsiges Treiben um die Markthalle war zu beobachten. Manchmal kam sogar ein Kreuzfahrtschiff und legte für ein paar Stunden an. Der nächste Stopp war ein kleiner Ort namens Kilcar, dort besichtigten sie eine der grössten traditionellen Handwebereien von Donegal County. Zuerst wurde die Wolle gewaschen, dann eingefärbt und auf Spulen gesponnen. Die grossen alten Webstühle waren immer noch in Betrieb. Die erlesenen Stoffe und Strickwaren, die weltweit verkauft wurden, waren sehr begehrt. Conor kaufte seiner Mutter eine warme Strickjacke mit Mütze und dazu passende Handschuhe. Für sich fand er einen warmen Pullover in gelben und grünen Farbtönen.

Natürlich erklomm der Amerikaner auch den Weg zu den Slieve League, den höchsten Klippen Europas. Eine Stunde steiler Anstieg war die einzigartige Aussicht von der gewaltigen Höhe wert. Was die Naturgewalt erschaffen hatte, war hier ersichtlich und atemberaubend. Nach dem Abstieg erwartete ihn Marie und führte Conor nach Glencolumbkille. Dort war an einer kleinen Bucht ein altes Dorf aus dem 17. Jahrhundert nachgebaut worden. Nachdem sie die eingerichteten Strohhütten besichtigt hatten, stärkten sie sich bei Tee und Kuchen und machten sich auf den Heimweg, denn der Wind hatte aufgefrischt und düstere Regenwolken bedeckten den Himmel. Zurück im Hotel war Conor so müde, dass er nur noch schlafen wollte. Ein grummelnder Magen weckte ihn eine Stunde später. Nachdem er geduscht und sich frisch angezogen hatte, begab er sich in den Speisesaal. Er war enttäuscht, dass er zu früh für das Abendessen war, doch da kam Nancy, die langjährige Chefin des Servicepersonals, auf ihn zu. Sie war eine geborene Irin, stets freundlich und immer zu einem netten Gespräch aufgelegt. Als sie fragte, ob er einen schönen Tag gehabt habe und Conor ihr vom Ausflug erzählt hatte, bekam sie Mitleid mit dem hungrigen Gast. Sie führte ihn in die hinterste Ecke des Speisesaals, wo Aislinn, Colin und Rory die Vorspeise genossen. „Ich bringe euch einen verhungerten jungen Amerikaner, der froh ist einen Teller Suppe zu bekommen." Die drei lachten und forderten Conor auf sich zu ihnen zu setzen. Es herrschte eine lockere, fröhliche Stimmung am Tisch, so wie die Inselbewohner es untereinander gewöhnlich pflegten. Conor erfuhr während des Gesprächs von Rory, dass Colin Aislinn in Dublin aufgegabelt hatte. Laut widersprechend bemerkte die Sängerin: „Aufgefordert, mit ihm zu singen. Das ist etwas ganz anderes." Dabei schaute sie Rory gespielt vorwurfsvoll an. Colin hätte vom Alter her Aislinns Vater sein können. Er war nicht ein Mann, der viele Worte brauchte, aber bevor sich die zwei jungen Musiker ein Gefecht lieferten, griff er mit seiner ruhigen, gelassenen Art ein. „Ganz genau, Aislinn hat mir nur ihr Können gezeigt und ihre Stimme hat mich schwer beeindruckt. So haben wir beschlossen zusammen zu musizieren." Conor nickte wohlwissend und erklärte: „Das war eine gute Entscheidung." Aislinn wurde verlegen, da alle drei Männer sich ihr nun zuwandten. Um für Ablenkung zu sorgen, drückte sie Rory den Zeigefinger in die Brust und erzählte einfach seine Geschichte, was allen sehr viel Vergnügen bereitete: „Dich, mein Kleiner, haben wir gefunden und mitgenommen, als du sturzbetrunken in einem Pub in Dublin eine Dame angemacht hast. Wir hatten dort einen Auftritt und nahmen uns des Jünglings an. Später hat sich herausgestellt, dass wir einen guten Fang gemacht haben, denn Rory ist ein begnadeter Musiker und spielt fast alles, was man ihm in die Hände legt." Alle lachten und Rory, ein temperamentvoller, hübscher junger Mann, küsste Aislinn mitten auf den Mund, was Conor sichtlich verwunderte. Aislinn presste die Lippen zusammen, zog verspielt ernst die Brauen hoch und meinte spöttisch: „Du glaubst noch immer, alle Frauen mit deinem Charme rumkriegen zu können." „Wart es nur ab", stichelte Rory zurück, „eines Tages bringt auch dich ein Mann zum Schmelzen."

Diesen speziellen Abend widmete das Trio der irischen Musik. Viele auswärtige Gäste hatten sich eingefunden, darunter waren die meisten Einheimische, die sich das Highlight nicht entgehen lassen wollten. Auf der Terrasse wurden die Tische weggeräumt und dafür eine Tanzfläche erstellt. Sogar Herr und Frau Gysling, die Eigentümer des Hotels, mischten sich unter die Leute. Sie spendierten Champagner, den sie extra für diesen Auftritt kühl stellen liessen. Die Atmosphäre war unglaublich. Aislinn, Colin und Rory übertrafen die Erwartungen bei weitem. Die Stimmung hob sich, als man begann mitzusingen und sogar im Innenbereich zu tanzen. Um Mitternacht verabschiedete sich das Trio bei überschwänglichem Applaus und versprach am Ende der Saison nochmals einen irischen Musikabend zu gestalten. Marc Gysling, der Inhaber, bot Colin nach diesem Abend einen Vertrag für die nächste Saison an und bemerkte nebenbei, dass man dann eventuell jede Woche einen irischen Abend einplanen könnte. Das Trio war dem Vorschlag nicht abgeneigt. Frau Gysling holte aus dem Keller einen sündhaft teuren französischen Champagner, um den Erfolg zu feiern. Es wurde darauf angestossen und Conor, als einer der wenigen Gäste, die zu später Stunde noch anwesend waren, bekam auch ein Glas dieses prickelnden Getränkes vorgesetzt. Wie jeden Abend begleitete er Aislinn zu ihrem Hotelzimmer. Die leicht geröteten Wangen waren ein Zeichen dafür, dass die Aufregung und die spektakuläre Vorstellung ihr Blut in Wallung gebracht hatten. Natürlich war auch der Genuss des Champagners ein bisschen mit schuld daran. Aufgeschlossener als sonst scherzte sie mit Conor und ihre Körper berührten sich ungewollt beim Schlendern durch die Hotelgänge. An der Tür standen beide plötzlich wortlos voreinander, und ehe sie wussten, was geschah, trafen sich ihre Lippen. Der sanfte Kuss wurde intensiver, bis sie die körperliche Sehnsucht übermannte. Wie lange der zärtliche Austausch gedauert hatte, wusste keiner. Atemlos und fast ausser Kontrolle beendete Conor das kleine Liebesspiel, hielt jedoch Aislinn immer noch eng an sich gedrückt. Ihre Arme waren sachte um seinen Nacken geschlungen und ihre grünen Augen blickten verschleiert zu seinen empor. Sie brauchten keine Worte, denn die Leidenschaft brannte wie ein Feuer darin. „Hättest du morgen Zeit, mit mir Donegal Town zu besichtigen?" Conors Stimme war rau und brüchig und seine Worte eine eindeutige Ablenkung, um sich wieder unter Kontrolle zu bringen. Denn fast hätte er in aller Öffentlichkeit seine Beherrschung verloren und wäre zu weit gegangen. Aislinn nickte und löste zaghaft die Umarmung um seinen Nacken. Nach einem kurzen Räuspern fragte sie fast schüchtern: „Um welche Zeit?" „Wann immer es dir passt." „Gut, ich rufe dich an. Welche Zimmernummer?" „401." Conor lächelte und gab ihr zum Abschied einen Kuss auf die Innenseite der Handfläche. Mit einer kaum sichtbaren Handbewegung winkte sie Conor zu und schloss mit einem verträumten Lächeln leise die Tür hinter sich. Endlich begann Aislinn Vertrauen zu fassen. Conors Herz machte darüber einen riesigen Sprung und klopfte danach so heftig, dass er glaubte, seine Brust könnte jeden Augenblick explodieren.

Der nächste Tag brachte Regen mit sich. Für einen Ausflug in die Stadt war das schlechte Wetter geradezu ideal. Michael Gallagher brachte die beiden nach Donegal Town, wo sie zuerst die Church of Saint Patric besichtigten. Ein aufwendiger Bau mit einer pompösen Inneneinrichtung, weissen hohen Mauern und es roch, wie es halt in einer Kirche riecht, nach Kerzen, Weihrauch und antikem Holz. Die Flammen der entzündeten Kerzen flackerten in der kühlen, feuchten Luft und eine bedächtige Stille erfüllte die Kirche, in der zurzeit nur wenige Besucher weilten. Als Nächstes schlenderten sie durch die engen Strassen mit den vielen kleinen Geschäften. Die farbenfrohen Häuser reihten sich bunt gemischt bis hin zum Stadtkern. Der „Diamant Place" bildet das Zentrum und ist umgeben von einem kleinen Park. Seit dem Millennium steht dort ein grosser Granit in Obeliskform. Eingraviert sind etliche Namen zum Andenken jener Inselbewohner, die bei der grossen Hungersnot in ferne Länder auswandern mussten und von denen man bis heute nicht weiss, was mit ihnen geschehen ist. Die meisten konnten dazumal weder lesen noch schreiben und hinterliessen trauernde Familienangehörige. Auch Aislinn und Conor spürten die Wehmut, die wie dunkle Wolken zu jener Zeit auf diesen Menschen gelastet haben musste. Plötzlich erklang Musik aus verschiedenen Lautsprechern, die rund um den „Diamant Place" an den Hausmauern angebracht waren, und eine männliche Stimme, die alte irische Volkslieder sang, riss sie aus der Melancholie. Es begann wieder heftig zu regnen und nach einem kleinen Imbiss und einem richtig guten „Irish Coffee" im Pub O'Donnell besichtigten sie das imposante Donegal Castle. Eine junge Frau mit kurzen roten Haaren erzählte in Kürze die Geschichte des legendären und stärksten Führers von Irland, des „King of Tyrconnell" Red Hugh O'Domhnaill, während sie die Besucher durch die Räumlichkeiten führte. Die beachtlich grossen, hohen Räume und die massive Holzeinrichtung waren beeindruckend. Besondere Aufmerksamkeit erlangte der aufwendig verarbeitete Wandkamin im Speisesaal. Für Aislinn war es nicht das erste Mal, dass sie Donegal Castle besichtigte, wie schon oft fühlte sich das Schloss irgendwie vertraut an. Der auf der Seite verdeckte unterirdische Fluchtweg liess sie erschauern, als sie sich in die Nische beugten und die Köpfe in das dunkle Labyrinth steckten. „Etwas Mystisches befindet sich in diesem Castle", flüsterte ihr Conor ganz geheimnisvoll zu und fügte an: „Aber es fasziniert und inspiriert mich enorm. Du weisst, meine heimliche Leidenschaft ist das Schreiben." Aislinn schaute ihn erstaunt an und erwiderte kopfschüttelnd: „Du erstaunst mich immer wieder aufs Neue, Conor." Er nahm sie lächelnd bei der Hand und führte sie zum Ausgang, wo sie Marie mit dem Taxi erwartete und zum Hotel zurückbrachte. „Und wie hat euch unser Castle gefallen?", fragte die Irin während der Fahrt. „Es ist beeindruckend." Die Antwort kam gleichzeitig aus ihnen herausgeschossen und Marie lachte hell auf. Sie erzählte aus ihrer Kindheit und wie sie darin gespielt hatten, bevor das Castle renoviert und für die Touristen freigegeben wurde. Sie seien die engen Steintreppen hinauf- und heruntergerannt, hätten mit Holzschwertern die imaginären Feinde bekämpft und sie siegreich in die Flucht geschlagen. Aislinn und Conor konnten sich die feurige kleine Marie als Mädchen gut vorstellen und amüsierten sich über ihre heiteren Erzählungen. Noch heute, gestand Marie, schlich sie sich gerne hinein, um ein wenig in den Kindheitserinnerungen zu schwelgen. Der Mann, der die Kasse führte, war ein guter Freund von Michael und liess sie deshalb oft gratis ihre Runde drehen.

Beim Hotel entliess Conor Aislinn mit grosser Fürsorge: „Vielleicht möchtest du dich noch ein wenig ausruhen, deine Arbeit beginnt ja in ein paar Stunden und endet ziemlich spät." Aislinn bedankte sich für den wunderschönen Ausflug. Der Amerikaner küsste sie galant auf ihre Hand und kam spontan auf eine Idee: „Würdest du mit mir heute ein Mitternachtsdinner einnehmen?" Aislinn konnte der Einladung und der freudigen Erwartung nicht widerstehen. Sanft drückte sie seine Hand und entgegnete aufs tiefste berührt: „Du hast mich so höflich gefragt, dass ich einfach nicht ablehnen kann." „Um Mitternacht bei mir. Abgemacht?" „Einverstanden."

Conor liess sich von Mary nochmals kurz in die Stadt fahren. Er kaufte Unmengen von Kerzen und gelbe Rosensträusse. An diesem Tag liess er den abendlichen Besuch in der Bar ausfallen. Genau um Mitternacht erschien Aislinn an seiner Türe. Etwas verkrampft hielt sie ihre Abendtasche umklammert, lächelte verlegen und an ihren leicht geröteten Wangen konnte man ihr die Aufregung ansehen. Conor bat sie herein und Aislinn bestaunte seine grosszügige Suite. Überall waren duftende Blumenarrangements verteilt und im Wohnzimmer stand das Abendessen auf dem edlen massiven Holztisch, mit einer silbernen Wärmehalteglocke bedeckt. Ein Kerzenleuchter sorgte für romantische Stimmung. Conor schenkte zwei Gläser mit eisgekühltem Champagner ein, streckte Aislinn eines davon hin und fügte bei: „Auf unser Mitternachtsdinner." Die Gläser klirrten und Aislinn bemerkte bewundernd: „Du hast es traumhaft hier." Dass dieser Mann sehr viel Geld besass, wurde ihr in diesem Moment erst so richtig klar. Eine winzige Unruhe, oder war es etwa Angst, beschlich Aislinn. Luis war auch ein sehr reicher Mann gewesen. Aber für heute Abend wollte sie ihre Vergangenheit vergessen und keinen Augenblick an das Schreckliche erinnert werden. Conor führte sie auf den von Clematis überwachsenen Balkon. Von dort sah man in den beleuchteten Park, der zum Lough Eske führte. Das leise Plätschern des Wassers beruhigte Aislinns angespannte Nerven. Nach einem zweiten Glas Champagner fühlte sie sich leicht beflügelt und Conor fand, dass es nun Zeit war den Hunger zu stillen. Galant rückte er einen massiven, verzierten Holzstuhl mit aufwendig verarbeiteten Stoffkissen zurecht und eröffnete mit einer Flasche Burgunder-Rotwein das Mahl. Aislinn war beeindruckt und fand: „Ich komme mir vor, als wären wir in einem echten Schloss. Es fehlen nur noch die Bediensteten." Conor, der sich am anderen Ende des Tisches hingesetzt hatte, erwiderte lachend: „Denen habe ich heute frei gegeben." Die Vorspeise bestand aus Lachs und einem Seegraszitronen-Mousse. Es war köstlich und auch der Hauptgang mit dem zarten Lammfleisch, den Kartoffelkroketten und dem knackig gekochten Gemüse war eine Delikatesse. Zum Abschluss rundete eine weisse und braune Schokoladenmousse, garniert mit Früchten, die Conor aus seinem kleinen Kühlschrank entnahm, das Dinner ab. „Die Küche hier im Harveys Point ist ausserordentlich schmackhaft und sehr vielseitig", lobte Conor, während er das Geschirr abräumte und auf den Servierboy stellte. Aislinn half ihm dabei. Auf dem Balkon genossen sie den Rest des erlesenen Weines, der wie Samt den Gaumen hinunterfloss. „Komm, wir machen einen kleinen Spaziergang in den Park." Von der Tür konnte man direkt um das Haus der sechs angebauten Suiten spazieren und gelangte so zum kleinen Teich. Ein verwittertes Bootshaus lag vom Mondlicht beschienen ganz in der Nähe. Auf der frischgemähten Wiese entdeckten sie direkt am See eine alte Holzbank. Der Geruch nach getrocknetem Heu lag in der Luft, als sie sich hinsetzten. Nebelschwaden waberten das Ufer entlang und wurden von den Schilfstreifen, die sich am Land entlangzogen, verschluckt. Aislinn fröstelte plötzlich von der kühlen Nachtluft. Conor legte seine Arme um ihre Schultern und drückte sie eng an seine Seite, um sie zu wärmen. Nach einer Weile des Schweigens stellte er schliesslich die Frage, die ihn in letzter Zeit so sehr beschäftigt hatte: „Gibt oder gab es einmal einen besonderen Mann in deinem Leben?" Normalerweise sprach Aislinn mit keinem Menschen über ihre Vergangenheit, deshalb nahm sie sich Zeit mit der Antwort. Conors Vertrautheit und der Wein lösten ihre Zunge: „Ja, es hat einmal einen gegeben, da war ich noch sehr jung und dumm. Meine Eltern sind früh gestorben und ich ging nach New York, wo man mir als Dolmetscherin für private

Business-Korrespondenz einen gut bezahlten Job anbot. Luis war ein reicher Geschäftsmann, einige Jahre älter als ich und sehr charmant. Ja, und wie das Leben so spielt, verliebte ich mich in meinen Klienten. Blind vor Liebe und Einsamkeit, verlor ich mich in einer kurzen Affäre, und als ich bemerkte, was für ein selbstsüchtiger Mann dahintersteckte, war es zu spät. Die Flucht war das Einzige, das sich mir als Lösung anbot. Noch heute, nach sechs Jahren, denke ich nicht gerne an diese Zeit zurück. Und wie ist es mit dir? Gab es eine spezielle Frau in deinem Leben?" Aislinn war froh, das Thema zu wechseln, denn wie gerne hätte sie diesen Teil aus ihrem Leben gelöscht. Conor erzählte seine Geschichte von Riana und Duncan, wie die beiden sich an seiner Verlobungsfeier trafen, sich kurzerhand ineinander verliebten und ihm die Augen geöffnet hatten. Langsam wurde es kühl und sie traten schweigsam den Rückweg an. Bei seiner Türe angekommen, zog Conor Aislinn fest an sich und flüsterte ihr leise ins Ohr: „Bitte verlange nicht von mir, dich heute Nacht zu deinem Hotelzimmer zu begleiten. Ich wünsche mir so sehr, diese Nacht mit dir zu verbringen." Ein fast unhörbarer Seufzer löste sich von Aislinns Lippen. Sanft küsste Conor ihre Schläfen und hob leicht ihr Kinn an. In seinen goldbraunen Augen sah sie so viel Zärtlichkeit, dass sie zu zerschmelzen drohte. Es blieb ihr nichts anderes übrig, als sich seinem Mund zu nähern und ihn wortlos zu küssen. Ihre tief schlummernde Sehnsucht war geweckt und mit ihr ein Vertrauen, das sie glaubte für immer verloren zu haben. Conor zog sie stillschweigend in seine Suite und direkt zum Balkon, wo er Aislinn sanft in den Korbstuhl setzte. „Warte kurz, ich muss noch etwas erledigen." Wenig später, als sie sich im Kerzenschein gemeinsam auf das Himmelbett legten und sich ihre erhitzten Körper in einem unbeschreiblichen Einklang vereinigten, wurde ihnen bewusst, dass sie noch nie solch intensive Gefühle für jemanden empfunden hatten. Gemeinsam erreichten sie Höhen, von denen man nur träumen konnte.

Am nächsten Tag wanderten Conor und Aislinn nach einem ausgiebigen Frühstück den See entlang und besichtigten das Ardnamona Woods Nature Reserve, das ganz in der Nähe lag. Es bot ein Stück unberührte, zauberhafte Natur. Der Weg führte einen Hang hinauf und dann hinunter bis zum See und nach einer Stunde befand man sich wieder am Eingang. Zwischen kurzen Regengüssen schien die Sonne und die Gegend erinnerte mit der hohen Luftfeuchtigkeit an einen immergrünen Tropenwald. Blaue Teppiche voller langstieliger wilder Glockenblumen schmückten die Waldlichtungen. Farne und verschiedene Moosarten bedeckten den feuchten Moorboden. Überall sprudelten kleine Bäche den Hang hinunter zum See. An den Wegrändern wuchs so viel Klee, dass man es kaum noch zählen konnte. Conor entdeckte einen vierblättrigen Glücksklee und schenkte ihn Aislinn, die ihm dafür einen zärtlichen Kuss schenkte. Gewaltige Laubbäume ragten in den Himmel, dazwischen verdeckt wuchsen Rhododendren in riesigen Büschen, wie man es nur selten sah. An einigen Abschnitten gab es junge, mannshohe Birkenwälder, deren weissgrau melierte Stämme dutzende von austreibenden Ästen schmückten. Anderswo wuchsen Unmengen von Heidelbeersträuchern mit kleinen, noch unreifen Beeren daran. Hand in Hand spazierten die beiden durch die grüne Landschaft, erfreuten sich an der Schönheit der Natur und liessen sich von ihr verzaubern. Conor entdeckte in den umgestürzten, moosbewachsenen Baumstämmen riesige Dinosaurierechsen, während Aislinn die Gnome und Elfen kichern hörte. Sie lachten über ihre verspielten Fantasien und spürten dabei eine vertraute Wesensähnlichkeit. Im Hotel angekommen, zog sich Aislinn zurück und Conor versprach nach einem zärtlichen Kuss, am Abend die Bar zu besuchen.

Später am Nachmittag, als er die Fotos auf den Laptop geladen und an seine Mutter weitergeleitet hatte, klingelte sein Telefon. „Hallo Conor", hörte er Deirdres fröhliche Stimme am anderen Ende der Leitung, „deine Fotos haben mich überwältigt und dein Geständnis, unsterblich in eine Sängerin verliebt zu sein, wahnsinnig neugierig gemacht. Deshalb würde ich dich gerne in Irland besuchen, wenn du einverstanden bist. Ich habe noch ein paar Wochen Ferien vor mir. Ohne dich ist es hier so langweilig." Conor war perplex über den Vorschlag seiner Mutter, denn normalerweise war sie gar nicht spontan, was das Reisen anbelangte. „Natürlich freue ich mich auf deinen Besuch. Ich werde dir ein schönes Zimmer hier im Harveys Point reservieren und hole dich selbstverständlich am Flughafen ab. Weisst du schon deine genaue Ankunft?" Deirdre gab ihm die Flugdaten durch und sagte beim Abschied: „Du glaubst es nicht. Ich bin so aufgeregt und freue mich wie ein kleines Mädchen auf den Urlaub in Donegal."

Am Abend erzählte Conor Aislinn, als sie eng aneinandergeschmiegt im Bett lagen, die Neuigkeit vom anstehenden Besuch seiner Mutter. Es war ihm gelungen, für Deirdre eine wunderschöne Suite, die gerade frei geworden war, zu reservieren. Normalerweise waren diese Zimmer über Monate ausgebucht, doch der Zufall wollte es, dass die nächsten Gäste wegen eines Todesfalles annullieren mussten. Aislinn freute sich sehr, seine Mutter kennenzulernen, und half eifrig mit, die geräumige Suite heimelig herzurichten. Schon jetzt spürte sie eine enge Verbindung zu Deirdre, denn so wie Conor seine Mutter liebte und verehrte, musste sie einfach eine wunderbare Frau sein.

Michael fuhr mit Conor nach Dublin zum Flughafen, um dort dessen Mutter abzuholen. Die lange Reise verlief ohne Zwischenfälle. Deirdres Aufregung, endlich auf der grünen Insel gelandet zu sein, verdrängte ihre Müdigkeit. Die dreieinhalbstündige Fahrt mit dem klimatisierten Mercedes und dem angenehmen, ruhigen Fahrer durch die faszinierende Landschaft Irlands liess die Amerikanerin die Zeit vergessen. Am Lough Eske erwartete sie eine liebevoll geschmückte Luxussuite mit Blick auf den See. Deirdres Augen glänzten tränenerfüllt und sie fiel dem verdutzten Conor, der gerade ihren Koffer ins Schlafzimmer trug, mit einem Schluchzer um den Hals. Beide hielten sich eine Zeitlang fest und genossen die Umarmung. Dann sagte Conor sanft: „Mutter, leg dich noch ein wenig hin und ruhe dich aus, um acht Uhr habe ich einen Tisch reserviert. Man isst hier vorzüglich, du wirst sehen." Dann gab er ihr einen sanften Kuss auf die Stirne und verliess den Raum. Die beiden hatten viele Neuigkeiten auszutauschen. Deirdre erklärte ihm, dass sie nach den Sommerferien frühzeitig in Pension gehen werde. Eine junge Pädagogin würde ihre Stelle übernehmen und sie war froh, sich endlich zu diesem Entschluss durchgerungen zu haben. Die Arbeit nach dem Tod ihres Gatten hatte sie von der Trauer abgelenkt und ihr den Auftrieb gegeben weiterzumachen. „Doch nun, mein Lieber", erklärte Deirdre, „ist die Zeit gekommen, um das Leben noch ein wenig zu geniessen. Trevor hat immer vorgehabt im Pensionsalter mit mir zu reisen, doch dazu ist es leider nicht mehr gekommen. Dein Vater würde meine Reise gutheissen und ich weiss, dass er es war, der mir den Ansporn gegeben hat. Hier tief drin kann ich seine Nähe spüren." Sie legte ihre Hand aufs Herz und dabei entfuhr ihr ein kleiner, fast unhörbarer Seufzer. Conor legte seiner Mutter einen Arm um die Schultern und entgegnete, dass Irland, die Heimat ihrer Vorfahren, ein guter Anfang war. „Übrigens, Riana und Duncan haben sich verlobt. Im Moment leben sie bei mir, geniessen den Urlaub zu zweit und planen ihre Hochzeit." Dies brachte Conor auf eine Idee. Nachdem seine Mutter sich auf einem gemeinsamen Rundgang im abendlichen Park auf die Bank am See gesetzt hatte, entfernte er sich, versprach aber, sogleich wiederzukommen. Er skypte mit Duncan und Riana, gratulierte ihnen zur Verlobung und schlug seinem Freund vor, seine Stelle als Anwalt in New Haven anzutreten. „Mir spukt da so eine Geschichte im Kopf herum und deshalb möchte ich noch einige Monate in Donegal verbringen." Duncan fand es eine gute Idee, so musste er nicht jeden zweiten Tag von New York zu Riana pendeln. „Ich habe zurzeit noch einen wichtigen Fall offen. Der Mandant möchte von mir persönlich vor Gericht vertreten werden, ansonsten kann ich sofort für dich einspringen." Die Lösung fand bei allen Beteiligten erfreulich Anklang. Riana hüpfte aufgeregt im Hintergrund herum und schickte ihm Küsse zu. „Conor, du bist der Beste ausser Duncan", jubelte sie und schwang lachend von hinten ihre Arme um den Verlobten, der sie auf seinen Schoss zog und einfach abknutschte. „Hey", rief Conor, „das könnt ihr nachher machen." Beide grinsten in den Bildschirm und plapperten durcheinander drauflos: „Beim nächsten Mal würden wir gerne mit Aislinn reden. Die muss ja etwas Besonderes sein, wenn unser bester Freund auf rosa Wolken schwebt. Bring sie ja zu unserer Hochzeit mit. Den Termin schicken wir noch." Ein Winken genügte und der Anruf wurde beendet.

Nach dem Abendessen führte Conor Deirdre in die Bar, wo er sie dem Musikertrio vorstellte. Die beiden Frauen hatten sich sogleich ins Herz geschlossen. Dann liess er Champagner für sich und seine Freunde kommen, um seinen neuen Lebensabschnitt und den seiner Mutter zu feiern. Colin und Deirdre, die etwa im gleichen Alter waren, verstanden sich glänzend. Noch nie hatte Aislinn ihren Partner so aufgeschlossen erlebt. Die Musiker verstanden es wie immer, einen gelungenen Abend zu veranstalten. Kurz vor Mitternacht verabschiedete sich die Amerikanerin mit der Begründung, von der Reise etwas angeschlagen zu sein und eine Mütze Schlaf zu brauchen. „Du hast meinen Sohn verzaubert", wandte sie sich an Aislinn, „und mich dazu. Ich danke dir dafür." Mit einer liebevollen Umarmung verabschiedete sie sich von ihr und liess sich von Colin und Rory galant die Hand küssen. An Conor gewendet, der sich anschickte sie zu begleiten, meinte sie lächelnd: „Ich finde den Weg schon allein. Kümmere dich um deine Freundin mit der göttlichen Stimme." Deirdre küsste ihm die Wangen und schlenderte mit dem blauen, knielangen Abendkleid, das ihre schlanken fraulichen Formen betonte, graziös davon. Colins strahlender Blick, der ihr folgte, entging keinem. Als Aislinn an diesem Abend zu Conor ins Bett schlüpfte und sich an seine breite Brust schmiegte, erzählte sie ihm, wie sie Colin kennengelernt hatte: „Als ich mit meinem letzten Geld, das ich besass, aus Amerika floh, wusste ich zuerst nicht, wohin. Es musste so weit weg wie nur möglich sein, so entschied ich mich für Europa. Als ich in London ankam, war ein Platz im Flug nach Dublin frei. Da wusste ich, dass dies eine Fügung des Schicksals war. Die Insel ist das Land meiner Vorfahren. Den Entscheid gefällt zu haben, nach Dublin zu gehen, empfand ich zuerst als einen groben Fehler. Ohne Arbeit, kaum Geld mehr in der Tasche, schlenderte ich nächtelang verzweifelt durch die Pubs. Es war nicht angenehm, von den Männern belästigt zu werden, doch wie auch immer war ich zur richtigen Zeit am richtigen Ort. Colin spielte Piano und ich hörte ihm mit grosser Bewunderung zu. Ein Fremder spendierte mir einen Whisky. Normalerweise trank ich keinen Alkohol, doch meine Hoffnung, einen Job zu kriegen, war inzwischen gleich null und mein Geld wurde langsam knapp. Plötzlich löste sich etwas in mir. Vielleicht war es der Whisky oder einfach Intuition. Ich begann einfach mit dem Piano mitzusingen. Colin, ein professioneller Musiker, liess sich nicht aus der Ruhe bringen und improvisierte sofort dazu. Wir harmonierten von Anfang an wie ein altes eingesessenes Paar. Begeistert von meinem Talent und meiner Stimme, machte er mich zu seiner Partnerin. Erst viel später erzählte Colin mir von seiner Frau, die er sehr geliebt haben musste. Caithlin starb an Krebs einige Monate vor unserem Zusammentreffen. Sie war auch eine begnadete Sängerin gewesen und er litt grauenhaft unter ihrem Verlust. Wir haben uns gegenseitig wieder auf die Beine geholfen. Bis jetzt zeigte Colin nie Interesse an weiblichen Personen. Doch heute mit Deirdre, da hat er sogar geflirtet! Hast du seine strahlenden Blicke gesehen?" Conor lächelte und erwiderte, indem er verträumt über ihre zarte Haut strich: „Meine Mutter ist seit dem Tod meines Vaters keine Beziehung mehr eingegangen. Es wäre schön für sie, einen neuen Partner zu finden, der sie wieder glücklich machen könnte." Aislinn schaute auf und küsste Conor zärtlich. Ihr wurde bewusst, dass sie diesen Mann von ganzem Herzen liebte und für ewig lieben würde. Seine Liebkosungen liessen sie in einen wohligen erholsamen Schlaf hinübergleiten.

Die nächsten Tage verbrachte Conor mit seiner Mutter und jeden Abend genossen sie zusammen einen Schlaftrunk an der

Bar. Am Samstagabend schlug Colin zur grossen Überraschung von Aislinn sogar vor, am nächsten Nachmittag ein gemeinsames Picknick zu veranstalten. Da Rory anderweitig verpflichtet war, fuhren Deirdre, Conor und Aislinn in Colins Kleinbus an einen idyllischen Platz, von dem man auf den Lough Eske hinuntersehen konnte. Nachdem sie das extra zubereitete Lunchpaket vom Hotel genossen hatten, verschwanden Colin und Deirdre zusammen, um einen Spaziergang zu unternehmen und die Zweisamkeit zu geniessen. Ihre tiefen Gespräche über das Leben und die gemeinsamen Interessen brachte die beiden näher zueinander, als sie sich erhofft hatten. Niemals hätte Deirdre geglaubt, sich nochmals zu verlieben.

Leider waren Deirdres Ferien viel zu schnell vorbei. Die neu gewonnenen Freunde planten, sich alle Ende Oktober in New Haven zu treffen. Das Trio versprach sogar, an der Hochzeit von Riana und Duncan zu musizieren und danach die Zeit bis zur nächsten Saison in Amerika zu verbringen. Colin, bis über beide Ohren verliebt, brachte Deirdre an den Flughafen. Der Abschied fiel ihnen nicht leicht, doch die Gewissheit, sich bald wiederzusehen, war der Hoffnungsschimmer und die Freude, die ihnen blieben.

Dhun na nGall, 1586

Red Hugh und Niall Gave, begleitet von Padric und Trebhar, ritten durchs grosse Tor von Caisleàn Dhun na nGall. Freudenrufe wurden hörbar und Kinder kamen herbeigerannt. Die Väter sprangen von ihren Pferden und begrüssten ihre Zöglinge, indem sie die starken Arme ausbreiteten, sie hochhoben und in die aufgeregten Gesichter mit den geröteten Wangen schauten. Àine mit der dreijährigen Màire auf dem Arm kam aus der Küche geeilt und umarmte ihren Gatten, der stolz dem sieben Jahre alten Fynn und der fünfjährigen Brianna zuhörte, wie sie durcheinander auf ihn einredeten. Die Kleinste gab ihrem Vater einen Kuss auf die bärtige Wange. Nebenan umarmten sich Nuala und ihr Gatte Niall, der den sieben Jahre alten Killian und seine jüngere Schwester Grainne auf den Armen umklammert hielt, während der achtjährige Caheis seine Taille umfasste und den Kopf mit den erlösten, tränenerfüllten Augen in seinem Umhang versteckte. Drei Monate waren die Männer in Tyrconnell unterwegs gewesen, um nach dem Rechten zu sehen. Es verging kein Tag, an dem sie sich nicht nach ihren Familien gesehnt hatten. „Lasst euren Vater erst ein Bad nehmen und sich von der Reise ausruhen. Später wird er noch genug Zeit mit euch verbringen", rief Àine und klatschte in die Hände. Nuala stimmte ihr zu und rief nach Enya. Kayleigh, das junge Kindermädchen, das man zur Unterstützung von Enya eingestellt hatte, kam in Begleitung von Eoin herbeigerannt. Àines Bruder machte der jungen Irin seit einiger Zeit den Hof und sang ihr sogar Liebeslieder vor. Die drei nahmen die aufgebrachte Horde entgegen und gingen mit den Kindern auf die Spielwiese. Währenddessen führten die Ehemänner ihre Frauen eng an sich gedrückt in die Küche, wo zwei Zuber, gefüllt mit Wasser, auf sie warteten. Als man die

Bediensteten aus der Küche verwiesen hatte, zogen sich die wirklich übelriechenden Männer aus, während die Frauen heisses Wasser in den Zuber gossen und in einen anderen die schmutzigen Kleider zum Waschen hineinwarfen. Mit Seife liebkosten Àine und Nuala die mit stählernen Muskeln durchzogenen Körper ihrer Männer. Dann stutzten sie ihnen ordentlich die langen Bärte. Zuletzt wurde das Haar gekürzt und eingeseift. Anschliessend leerten die Frauen sauberes, diesmal kaltes Wasser über die laut prustenden Männer, welche schnell aus den Wannen stiegen, nackt, wie sie waren, ihre kreischenden Frauen über die Schultern warfen und sie in die Schlafgemächer trugen, wo sie endlich mit ihnen die langersehnten Zärtlichkeiten austauschen konnten.

Am Abend gab es ein köstliches Essen und zur Feier des Tages auch Wein. Jedes der Kinder erhielt ein mitgebrachtes Geschenk von seinem Vater. Die zwei Ältesten, Caheis und Fynn, bekamen neue Bogen mit Metallspitzen an den Pfeilenden und dazu bemalte Köcher. Kilian jubelte, als er seine Fidel auspackte, und liess sich von Eoin zeigen, wie man sich das Instrument an die Schulter legte, während Brianna schon fröhliche Melodien mit der neuen Flöte anspielte. Grainne bekam eine stoffbestickte Puppe und die Kleinste, Màire, war entzückt über das weiche, weisse Wolllämmchen. Sie drückte es fest an sich und krabbelte auf Àines Schoss, wo sie zufrieden den Daumen in den Mund steckte und einschlief. Liam und Eoin musizierten, und als Red Hugh seine Jüngste zu sich in die Arme bettete, gesellte sich auch seine Frau dazu. Àine konnte ihn jedes Mal von neuem mit ihrer Stimme entzücken. Als die Kinder endlich im Bett waren, beschenkten die Männer ihre geliebten Frauen. Für die edlen Stoffe, mit denen sie sich schöne Kleider nähen konnten, wurden die Männer mit innigen Küssen belohnt. Die Dankbarkeit der

Frauen war gross, doch noch mehr freuten sie sich, dass ihre Männer gesund von der Reise zurückgekehrt waren. Beide Paare zogen sich in die Gemächer zurück und liebten sich bis zum Morgengrauen. Nach ein wenig Schlaf ritten Red Hugh und Àine zum Hügel hinauf, wo sie den Sonnenaufgang genossen und Liebesschwüre auffrischten.

Die Unruhen, die sich von Jahr zu Jahr zuspitzten, wirkten sich auch auf das Erntedankfest aus. Die Wachen wurden verstärkt und die königliche Familie durfte nicht ohne Schutz das Schloss verlassen. Dies war die Anordnung von Red Hugh und wurde strikt eingehalten. Viele Leute kamen nicht mehr, wie sein verräterischer Bruder Cillian O`Domhnaill und Turlough, der den Titel Earl von seinem verstorbenen Vater geerbt hatte. Er war nun der höchste und einflussreichste von den O`Neills und sympathisierte schon länger mit den Engländern. Ineen hatte er geheiratet, aber was sein Liebesleben anging, so blieb er immer derselbe. Seine Ehefrau teilte ihn mit vielen anderen, dafür lebte Ineen in Saus und Braus. Das wiederum machte sie weder glücklich, noch zügelte es ihren Hass. Red Hugh war über den Verbleib seines Cousins mehr als erleichtert. Was ihm aber echt Sorgen bereitete und ihn sehr bekümmerte, war, dass sein Volk ihm nicht mehr traute. Es gab zu viele Unruhestifter und die vermehrten Übergriffe der Engländer im Norden verunsicherten die Menschen.

Ausser ein paar kleinen Ausschreitungen mit Prügeleien, die es während der Veranstaltung gab, verlief das Erntedankfest jedoch ziemlich ruhig. Es wurde nicht mehr in so grossem und pompösem Rahmen abgehalten, da Tyrconnell nicht mehr über den gleichen Reichtum verfügte. Zu viele Leute hatten sich an die Engländer verkauft. Red Hugh stimmte es traurig, doch seine Familie gab ihm so viel Fröhlichkeit und Liebe, dass er sich davon wieder stärken konnte. Auch Àine versuchte ihn, sooft sie nur konnte, zu besänftigen: „Du bist der König von Tyrconnell und gibst denen, die von dir beschützt werden wollen, alles. Im Gegenzug müssen sie dir vertrauen. Du bist stark, mutig und gerecht. Das alles gibst du weiter an deine Erben. Ich liebe dich, König von Tyrconnell, und glaube an dich." Dann begann Àine zu singen und Red Hugh verlor sich in eine Sphäre, die ihn die durch sein Amt auferlegten schweren Bürden für eine Zeit vergessen liess.

Im November kam ein Reiter von Shane O`Neill, einer der wenigen dieser Clans, die zu den O`Domhnaills hielten. Er brachte ihm ein versiegeltes Schreiben von seinen Verbündeten, in dem man ihm mitteilte, dass die Engländer eine grosse Invasion von Norden und Nordwesten her auf die Insel planten. Der King of Tyrconnell begann mit Padric O`Riaghàin und Trebhar Mc Murchadha Pläne zu schmieden und hielt in Caisleàn Dhun na nGall einen Kriegsrat ab. Nicht nur die Engländer erkauften sich Spione. Auch Red Hugh hatte Leute an der vordersten Front bei den Feinden. Mit Hilfe einer guten Strategie erhofften sie den Gegner besiegen zu können, auch wenn dieser in grosser Überzahl einmarschieren würde. Man beschloss, die Brüder von Àine, Liam und Eoin mit ein paar Kriegern zum Schutz der Frauen und Kinder im Castle zurückzulassen. Der Abschied an diesem frühen Morgen hinterliess Angst und Trauer bei den Angehörigen. Àine und Nuala küssten ihre Männer und legten ihnen das irische Kreuz als Schutzschild um den Hals. Die Kinder weinten und liessen sich nach der Abreise der Krieger kaum beruhigen. Eoin und Kayleigh versprachen ihnen schliesslich einen Ausflug mit Pferd und Wagen an den Lough Eske, wodurch sich die Stimmung der sechs Zöglinge deutlich verbesserte.

Als die englischen Truppen Richtung Armagha unterwegs waren, gerieten sie in einen Hinterhalt, wo Red Hugh und seine Männer sie besiegten. Es starben an die zweitausend englische Soldaten. Die Überlebenden wurden umzingelt und konnten einen Rückzug aushandeln. Für England war Yellow Ford die grösste Niederlage gegen Irland. Red Hugh wusste aber, dass seine Feinde nicht aufgeben würden. Auch im Landesinnern brodelte es immer stärker. Turlough erkaufte sich Anhänger und drohte den Leuten, sich gegen den König von Tyrconnell zu stellen. Ineen, die einen solchen Hass gegen Red Hugh hegte, forderte ihre schottischen Verwandten auf, ein Heer zusammenzustellen, um Ulster von Red Hugh zu befreien und ihren Mann Earl Turlough Luineàch O`Neill zum Herrscher zu ernennen. Da der König von Tyrconnell nicht wusste, wie lange er den Feinden noch standhalten konnte, schickte er Mönche der franziskanischen Monasterien mit einer Truhe voll Gold zu König Philipp nach Spanien und bat ihn um Hilfe. Die Zeit verging und es wurden immer wieder Kämpfe ausgetragen. Auf der Insel herrschten Angst und Schrecken. Die Menschen waren vom Leid gezeichnet, diejenigen, die sich an die Engländer verkauft hatten und als Landesverräter ausgestossen wurden, lebten in Armut und Unterdrückung. Andere waren so verzweifelt, dass sie nicht mehr wussten, wem sie glauben sollten. Als endlich eine spanische Flotte, statt wie vereinbart im Norden, im Süden der Insel anlegte, war Red Hugh gezwungen sich mit seinen wenigen Kriegern und Verbündeten im Winter auf die Reise durch die ganze Insel hinab nach Kinsale zu begeben. Er liess Trebhar, einige wenige Krieger und die beiden Brüder von Àine in Dhun na nGall zurück. Sie mussten sich beeilen, denn der Weg war beschwerlich und überall lauerte Gefahr. Bei eventuellen Übergriffen oder sonstigen Schwierigkeiten war Trebhar verpflichtet, die Familie zu beschützen und zu Mc Hugh O`Byrne in seine Festung zu bringen.

Der König von Tyrconnell war gerade drei Tage weg, als Turlough mit einem kleinen Heer spät am Abend des vierten Tages in Dhun na nGall einmarschierte. Aus dem Hinterhalt bezwang er die Wachen, liess die Zugbrücke herunter und marschierte siegessicher im Caislèan Dhun na nGall ein. Offensichtlich hatte Turlough jedoch nicht mit Trebhar gerechnet, der mit seinen Männern den Eingang zum Haupthaus standfest verteidigte. Nuala, Enya und Kayleigh flüchteten mit den Kindern durch den unterirdischen Geheimgang, der neben dem kleinen Wandkamin verborgen lag, zu der franziskanischen Monasterie am River Eske. Die Bediensteten und Eoin schleppten Vorräte aus der Küche und Kleiderkisten weg, die schon für eine eventuelle Abreise bereitstanden. Àine war nochmals die Treppe zu den Gemächern hinaufgeeilt, um die Musikinstrumente dort einzusammeln, als Liam, ihr älterer Bruder, auf der untersten Treppenstufe nach ihr rief. Er bemerkte nicht, dass eine weibliche Person sich aus dem dunklen Gang, der nur für die Bediensteten bestimmt war, in den Speisesaal geschlichen hatte. Zu spät erkannte er die Gefahr und wurde von Ineen mit einem Dolch von hinten erstochen. Die Klinge steckte noch in seinem Rücken, als Àine, beladen mit einem grossen Sack, den sie über die Schulter geschwungen hatte, und einer kleinen keltischen Harfe in der Hand die Treppe hinabstürzte und wie angewurzelt stehen blieb. Sofort kniete sie sich zu ihrem blutüberströmten Bruder nieder, zog die Klinge des Dolches aus seinem Rücken und versuchte den schweren Körper verzweifelt umzudrehen. Endlich gelang es ihr und die aufstossenden Schluchzer verstummten in ihrer Kehle. Àine konnte nichts mehr für ihren geliebten Bruder tun. Das Einzige, was ihr blieb, war, Liam die leblosen starren Augen zu schliessen. Plötzlich wurde sie an den Haaren hochgerissen und ein furchtbarer Schmerz bis tief in die Kopfhaut liess sie laut aufschreien. Mit geballter Faust schlug sie hinter sich und erwischte Ineen mitten ins Gesicht. Diese fluchte zischend und lockerte für einen kurzen Moment den Griff, so dass sich Àine umdrehen konnte und mit ihrem Körpergewicht die Gegnerin zu Boden stiess. Als Trebhar in den Raum kam, sah er die beiden Frauen in einem unerbittlichen Kampf miteinander ringen. Gerade konnte Àine mit einem gekonnten Schlag Ineen von sich stossen, als Trebhar sie hochhob. „Geh, ich halte sie auf", raunte er ihr ins Ohr. „Liam ...", der Name kam keuchend über ihre Lippen und Trebhar sah den traurigen Blick, den sie auf ihren toten Bruder warf. „Ich werde mich um ihn kümmern", versprach er. Im selben Augenblick rannte Ineen vorbei und stürmte die Treppe zu den Gemächern empor. Trebhar hechtete mit gewaltigen Schritten hinter ihr her. Àine hauchte einen Kuss auf die Stirne ihres Bruders und wollte sich gerade den Baumwollsack über die Schultern schwingen, als sie Schritte hörte und Turlough mit seinen Männern den Speisesaal betrat. Das Schwert gezückt und zum Angriff bereit, stand er beim Eingang, doch als er Àine vor sich sah, schickte er seine Krieger mit einer barschen Handbewegung fort. Dann steckte er seine Waffe zurück in den Schaft und kam langsam näher. „So, meine Wildkatze, endlich bekomme ich dich." Seine Augen funkelten gefährlich und Àine liess langsam den Sack von den Schultern gleiten. Sie brauchte eine Waffe und schaute sich um. Neben dem Toten lag noch der blutige Dolch und sie bewegte sich schnell darauf zu. Mit den Füssen schob sie ihn unbemerkt unter das lange Kleid. Turlough, der ihr blitzschnell gefolgt war, packte sie bei den

Schultern und gab ihrem Bruder nebenbei einen Fusstritt. „Diesmal wird dich keiner retten", lachte er höhnisch auf. Schützend beugte sich Àine über den Leichnam und nahm gleichzeitig das Messer auf. „Lass ihn in Frieden ruhen, du Mistkerl", rief sie, und während er sie wütend hochriss, versteckte sie blitzschnell die Hand mit der Waffe in der weiten Rockfalte. Ungehalten zerrte Turlough sie von der Treppe weg und drückte sie an die gegenüberliegende Wand, ganz in der Nähe des Geheimganges. Während er lüstern ihren Körper abtastete und langsam den Rock hob, erzählte er Àine, wie er damals versucht hatte, ihre Mutter zu vergewaltigen. „Aoifa war genauso so schön und wild wie du. Leider hat sie sich beim Kampf den Kopf gestossen und sich dabei das Genick gebrochen." Àine versuchte sich zu befreien und gab einen hasserfüllten, markerschütternden tiefen Kampfschrei von sich. Da drang plötzlich ein unheimliches Knurren aus der Ecke neben der Geheimnische. Ein irischer Wolfshund erschien mit gefletschten Zähnen. Turlough rückte langsam von der Frau ab, zog sein Schwert, und als der Hund zum Sprung ansetzte, stach er zu. Mit einem lauten Winseln fiel das Tier leblos zu Boden. Ein greller Schrei ertönte von der Treppe, als Ineen, gestossen von Trebhar, die Treppe hinunterpolterte. Ein zweiter Wolfshund stürzte herbei und biss Ineen ins Genick. Aus dem Schockzustand erwacht, stiess sich Àine von der Wand ab und stürzte sich auf Turlough, der nun Trebhar ins Visier genommen hatte. Zu spät erkannte der Feind die Gefahr neben sich und die blutige Klinge bohrte sich in sein Herz. Turlough sank auf die Knie und das Schwert entglitt seiner Hand. Die Klinge fiel klirrend auf den Boden. Ein stöhnendes Röcheln ertönte und Blut tropfte aus seinem Mund, bevor er leblos zu Boden sank. Trebhar kam die letzten Stufen heruntergerannt und drückte die aschfahle, zitternde Frau an sich, so dass sie nicht weiter mit ansehen musste, wie der Verräter starb. Ein Schluchzen entrang sich ihrer Kehle und er zog sie schnell zur geheimen Treppe, als er Turloughs Männer die Treppe heraufpoltern hörte. „Beeil dich und schick mir Hilfe", befahl er und schüttelte sie aus der Erstarrung. Àine wusste nicht mehr, wie sie es geschafft hatte, so schnell zur Monasterie zu gelangen. Sie hatte jegliches Zeitempfinden verloren und war dankbar, dass ihr Gehirn auch im Schockzustand noch funktionierte und ihrem Körper die Impulse, die sie benötigte, weiterleitete. Schwer atmend brachte sie noch die letzten Worte hervor: „Helft Trebhar!" Dann entglitt sie in eine dunkle Schwerelosigkeit.

Trebhar und seine wenigen Männer kämpften die ganze Nacht hindurch. Die Fischer und Farmer von ausserhalb kamen ihnen zu Hilfe. Sie kannten jeden Winkel und konnten so den Heimvorteil für sich nutzen. Auch die franziskanischen Mönche halfen mit. Sie versteckten sich auf Beobachtungsposten, pflegten die Verwundeten und beschützten die Kinder. Die irische Wolfshündin wurde stark verletzt, als sie Trebhar gegen einen Schwerthieb des Feindes verteidigte. Man pflegte das verwundete Tier, und dank der guten Fürsorge überlebte es den Kampf, der im Morgengrauen von den Einheimischen zum Sieg geführt wurde. Die Toten, auch Àines Bruder Liam, wurden am folgenden Tag begraben. Bevor sich Trebhar mit den Schützlingen auf die Reise begab, brannten sie Caisleàn Dhun na nGall bis auf die Grundmauern nieder, denn Red Hugh wollte nicht, dass Fremde während seiner Abwesenheit die Festung einnahmen. Als der Befehl ausgeführt war, machte sich der kleine Trupp auf den beschwerlichen Weg zu dem Verbündeten Mc Hugh O`Byrne. Wegen der eisigen, winterlichen Landschaft kamen sie nur langsam vorwärts. Jede Nacht fand die königliche Familie mit ihrem Gefolge jedoch eine warme Unterkunft. Die Verbündeten des Königs waren überall auf der Insel verteilt.

Verfolgt von den Feinden, stiessen Red Hugh und seine Männer immer wieder auf kleine Hinterhalte. Neben dem mühsamen Marsch mussten die Krieger auch noch Kämpfe austragen. Sie schlugen sich tapfer, bis sie von Cillian O`Domhnaill, Red Hughs Bruder, der sich mit Turlough verbündet hatte und sich von den Engländern kaufen liess, verraten und überwältigt wurden. Die wenigen Überlebenden konnten fliehen, während man Red Hugh und seinen Schwager Niall Gave nach Dublin ins Gefängnis brachte. Das Verlies war kalt, schmutzig und unzumutbar. Die Gefangenen bekamen kaum etwas zu essen und zu trinken. Die Engländer wollten das irische Volk mit der Gefangennahme des Königs von Tyrconnell in die Knie zwingen. Doch es gelang ihnen nicht. Die letzten Verbündeten und die wenigen aus dem Volk, die zu seinem Führer hielten, befreiten Red Hugh und seinen Schwager aus dem Verlies. Noch nie zuvor war es jemandem gelungen, aus dem Gefängnis von Dublin zu entkommen. Der Weg über die Wicklow Mountains war schwierig und der Winter bitterkalt. Nur der eiserne Wille zum Überleben und die Aussicht auf das Wiedersehen mit ihren Familien hielten die mutigen Krieger vom Tod des Erfrierens ab. Beide Krieger hatten ihre grossen Zehen verloren und litten unter furchtbaren Schmerzen. Als sie ausgehungert und zu Tode erschöpft endlich in der Festung ihres Verbündeten Mc Hugh O`Byrne ankamen, war das Wiedersehen mit den Kindern und ihren Frauen riesig. Es brauchte einige Wochen Pflege und Ruhe, bevor Red Hugh wieder zu Kräften kam. Die Zeit war knapp und die viel zu kleine Armee, die der König von Spanien geschickt hatte, wartete im Süden ungeduldig auf Red Hugh und seine Truppen.

Während die Tage sich dahinzogen, versammelten sich die restlichen Verbündeten und marschierten verspätet mit dem noch geschwächten Red Hugh an der Spitze nach Kinsale, wo die spanische Flotte gelandet war. Drei Monate lieferten sie den Engländern, die in grosser Überzahl waren, verbissene Kämpfe. Am Ende blieb ihnen nur noch die Kapitulation. Red Hugh und seine Familie konnten noch rechtzeitig die Flucht nach Spanien ergreifen, um nicht getötet zu werden. Niall Gave und Nuala mit den Kindern begleiteten sie. Auch die treuen Krieger Padric und Trebhar folgten ihrem Führer auf das Schiff. Seosamh O`Sullivan, der franziskanische Abt, begleitete den König ebenfalls und versprach ihm Schutz in Valladolid, der franziskanischen Monasterie in Spanien.

New Haven, Herbst 2016

Im Oktober flogen Conor, Aislinn, Colin und Rory nach Amerika. In den drei Monaten in Irland hatte Conor einen Roman geschrieben. Das Manuskript lag schon bei seiner Mutter zur Bearbeitung. Deirdre war voller Enthusiasmus und auf der Suche nach einem Verlag für ihren Sohn. Natürlich sehnte sie besonders das Wiedersehen mit Colin herbei. Die beiden blieben in der Zwischenzeit regelmässig mit E-Mails in Kontakt.

Auf dem Flug nach New York spürte Conor Aislinns grosse innere Anspannung, ihre Angst vor der Vergangenheit, die sie von neuem verfolgte. Oft strich er zärtlich über ihre zu Fäusten geballten Hände. Damit brachte er es fertig, sie ein wenig zu beruhigen. Vor sechs Jahren war sie aus Amerika geflohen und hatte nach einer langen traumatischen Zeit endlich eine gewisse Ruhe in Irland finden können. Conor war eine grosse Bereicherung in ihrem Leben geworden und in seiner Nähe konnte sie wieder glücklich sein. Noch nie hatte sie den Mut gefunden mit jemand über ihre Vergangenheit zu sprechen. Doch diesem Mann, den sie von ganzem Herzen liebte, versuchte sie sich zu offenbaren. Während des Fluges war ihr klar geworden, dass man im Leben vor nichts davonrennen sollte, auch wenn sie spürte, dass etwas Düsteres in diesem Land auf sie wartete. In Gedanken nippte Aislinn an ihrem Tee, das Einzige, was sie auf ihrer Reise zu sich nahm. Ein leichter Schauder durchschüttelte ihren Körper und Conor, der zärtlich ihre Hand hielt, schaute erstaunt auf. Er bemerkte ihr blasses Gesicht mit den dunklen Schatten unter den Augen und strich ihr zärtlich über die samtige Haut der Wangen. „Es ist nicht mehr weit und die Fahrt von New York nach New Haven bringen wir auch noch hinter uns." Sein tröstender

Zuspruch beruhigte Aislinn ein wenig. Sie dachte an Riana und Duncan, die sie endlich kennenlernen durfte. Ein zaghaftes Lächeln zauberte sich auf ihr Gesicht. Auch freute sie sich auf Conors prächtiges Haus, das sie nur von Fotos kannte. Deirdre wieder zu treffen, würde ihr guttun und der Aufenthalt dem Trio etwas Abwechslung bringen.

Die herzliche Begrüssung in New York liess sie für einen Moment die dunklen Seiten dieser Stadt vergessen. Aislinn und Riana schlossen sich vom ersten Augenblick an ins Herz. Die Fahrt in ihrem Auto verlief ausgelassen und amüsant. Colin und Rory begleiteten Deirdre. Nach ein paar kurzen Erholungspausen und kleinen Stärkungen erreichten sie New Haven. Conors Haus war schöner und prächtiger, als es aus den Fotos ersichtlich war. Rory gesellte sich zu ihnen in die grosse Villa, während Colin in Deirdres angrenzendem Landsitz übernachtete. Duncan und Conor versprachen den Gästen am nächsten Tag einen Ausflug durch die Stadt. Am Abend gab es ein gemeinsames Abendessen bei Deirdre und weitere interessante Urlaubstage wurden geplant, darunter stand ihnen eine ausserordentliche Theateraufführung von Riana bevor. Auch ein beeindruckendes Konzert des New Haven Symphonieorchesters war angesagt. Da Deirdre den Leiter und Manager gut kannte, organisierte sie eine Probe und ein Zusammenspiel mit dem Trio aus Irland. Daraus entwickelte sich ein erfolgreiches kurzfristiges Gastspiel in der Öffentlichkeit. Aislinn verbrachte viel Zeit mit Riana, die wegen der Hochzeit so aufgeregt und quirlig war, dass sie Duncan und Conor fast in den Wahnsinn trieb. Aislinn war eine gute Zuhörerin, gab ruhige und fürsorgliche Kommentare ab, was ihre Freundschaft nur noch mehr festigte. Am Hochzeitstag war sie die Begehrteste von allen, durfte der Braut die zitternden Hände halten und die Freudentränen von ihrer Wange wischen. Nach der Zeremonie in der neugotischen Kirche fand die Feier, weil die Oktobernächte ziemlich kühl sein konnten, im Saal eines der angesehensten Hotels statt. Es war schon lange her, seit Aislinn einem solch grossen Fest beigewohnt hatte. Bei ihrem früheren Job als Dolmetscherin hatte sie an vielen wichtigen Anlässen in den Kreisen angesehener, reicher Geschäftsleute beigewohnt. Als man dem Brautpaar gratulierte, zog sie sich mit Conor auf die überdachte Terrasse zurück. Dem Trubel entflohen und eng aneinandergeschmiegt, genossen die beiden die Abgeschiedenheit. Aislinn meinte verträumt: „Es ist eine gelungene wunderschöne Feier. Man merkt, wie verliebt die beiden sind, und ich mag es ihnen von Herzen gönnen." Die frische Abendluft liess sie in ihrem trägerlosen langen Abendkleid frösteln und sie drückte sich wohlig an den warmen Männerkörper. „Ja, sie sind wirklich ein bemerkenswertes Paar", entgegnete Conor und fügte mit rauer Stimme hinzu: „Wir aber auch. Ich kann mir ein Leben ohne dich nicht mehr vorstellen." Aislinn schluckte gerührt die Tränen hinunter und schaute in die goldbraunen Augen, die es ihr vom ersten Augenblick an so angetan hatten. „Du machst mich sehr glücklich und ich liebe dich." Mit diesen geflüsterten, ehrfurchtsvollen Worten zog sie Conors Kopf zu sich und küsste ihn zärtlich. Da traten zwei Männer auf die Terrasse und schlenderten, ohne das Paar in der Ecke zu beachten, an ihnen vorbei. Der Grössere von ihnen, ein wirkliches Muskelpaket, sprach auf Spanisch: „Sie war es wirklich, aber ich habe sie aus den Augen verloren. Aislinn muss eine der Brautjungfern sein." Der athletisch gebaute, reife attraktive Mann mit schwarzen Haaren, die an den Schläfen schon leicht ergraut waren, zündete sich eine Zigarette an und erwiderte gereizt mit verbissenen Zähnen: „Dann sucht sie gefälligst. Bringt sie unauffällig in mein

Hotelzimmer, dabei soll ihr kein Haar gekrümmt werden. Ich habe noch eine offene Rechnung mit ihr zu begleichen." Aislinn erstarrte in Conors Armen zu einer Statue, denn sie hatte das Gespräch mitangehört und die Stimmen, die ihr so vertraut waren, sofort erkannt. Es waren Luis und Salvatore, einer seiner Leibwächter. Ein kalter Schauer erschütterte den rigiden Körper, und als Conor den entsetzten Ausdruck in Aislinns Augen sah, wollte er etwas erwidern, doch ihr Zeigefinger, den sie an seine Lippen drückte, hinderte ihn am Sprechen. Als die beiden Männer die Terrasse wieder verliessen, zog sie Conor mit sich in die Parkanlage, wo sie sich ausserhalb der Feier auf eine Bank setzten. Hier offenbarte Aislinn ihm endlich ihre erschütternde Vergangenheit. Ihr Mund war staubtrocken und die Stimme zittrig, als sie zu sprechen begann: „Aufgewachsen bin ich ausserhalb von New York. Meine Eltern, anständige fleissige Leute, kamen, als ich zweiundzwanzig Jahre alt war, bei einem Autounfall ums Leben. Was ich damals nicht gewusst hatte, war, dass sie ihr ganzes Vermögen in meine Ausbildung und meine Sprachaufenthalte gesteckt hatten. Das Haus war so verschuldet, dass es der Bank gehörte. Mit meinen hervorragenden Sprachkenntnissen und einer abgeschlossenen Ausbildung fand ich in New York sofort einen Job als Dolmetscherin. Unter anderem brauchten mich Geschäftsleute, die mit europäischen Firmen verhandelten. So lernte ich Louis Pérez kennen. Wie gesagt, der Mann war viel älter als ich, galant, redegewandt und sehr reich. Er bezahlte mich ausserordentlich gut, nachdem er mich als seine private Übersetzerin eingestellt hatte. Jung und unerfahren, wie ich damals in Sachen Männer war, verfiel ich seinem Charme und wurde seine Geliebte. Luis hatte seine eigenen Bodyguards und mit der Zeit entdeckte ich, dass er weltweit illegale Geschäfte tätigte. Per Zufall hörte ich ein Telefongespräch mit, denn auf seinen Verträgen war immer nur von Ware die Rede. Zu meinem Entsetzen erfuhr ich per Zufall von einer Lieferung illegaler Waffen nach Afghanistan. Das hat mich dermassen aufgebracht, dass ich mich entschieden geweigert habe diesen Auftrag auszuführen und ihm drohte nicht weiter für ihn zu arbeiten. Luis begann mich einzusperren, zu schlagen und sogar zu vergewaltigen, wann immer er gerade Lust dazu verspürte. Mein Leben wurde von einem Tag zum anderen zur Hölle." Conors Gesichtszüge verhärteten sich und er küsste die salzigen Tränen von ihrem Gesicht, die stumm über ihre Wangen kullerten. Ein herzzerreissender Schluchzer folgte dem stillen Weinen und das Zittern, das nicht enden wollte, liess ihren Körper erbeben. Wortlos zog Conor Aislinn in seine Arme und strich ihr tröstend den Rücken auf und ab, bis sie sich wieder gefasst hatte und weitererzählen konnte. Diesmal spürte er die Wut und den Zorn, die in ihr noch immer brodelten. „Ich musste mir einen Plan zurechtlegen, um überleben zu können. So kam mir der Gedanke, mich Luis zu unterwerfen. Er war ein Mann, der es liebte, Macht über die anderen auszuüben. Tief im Innern hasste ich mich dafür, einen solch falschen Eindruck vorzuspielen, doch es war meine einzige Rettung. Nach einiger Zeit vertraute er mir und sperrte mich nicht mehr ein. Natürlich war ständig einer seiner Leibwächter in meiner Nähe. Aber der Gedanke an eine Flucht hielt mich am Leben. Nach einem Jahr erhielt ich endlich die Gelegenheit dazu. Luis reiste einige Tage nach Mexico. Da sein Vater mit ihm spanisch gesprochen hatte, brauchte er mich bei diesen Verhandlungen nicht. Wahrscheinlich vergnügte er sich dort auch mit einer Anzahl junger Frauen, mit denen er sich nur allzu oft vor mir gebrüstet hatte. Während Luis' Abwesenheit begleitete mich Salvatore, einer seiner Leibwächter, zur Bank, wo ich vorgab Geld für einen Einkaufsbummel abzuheben. Ich hatte mein Salär gut angelegt. Schon lange hatte Luis aufgehört mich zu bezahlen. Er sah mich als seinen Besitz an und als eine Ware, die man irgendwann, wenn sie verbraucht war, abschob. An diesem Tag hob ich mein gesamtes Vermögen ab. Ich tat so, als würde ich eine Shoppingtour geniessen, und buchte mit einem Wegwerfhandy in der Umkleidekabine meinen Flug nach London. In dem Luxusappartement wartete ich auf Maria, die langjährige Bedienstete, die alles in Ordnung hielt und Einkäufe tätigte. Sie hatte meine Kleidergrösse und zu meinem Glück auch schwarze Haare. Ich schlug sie mit dem Teigroller in der Küche nieder und schleppte sie in mein Zimmer. Ich band der bewusstlosen Frau die Hände mit Kabelbinder am Bettpfosten fest. Dann knebelte ich ihr den Mund und schlich mich zur Garderobe, wo ich in ihren Mantel schlüpfte und mit spanischem Akzent ihre Stimme nachahmte. Salvatore, der in seinem Büro einen spannenden Actionfilm anschaute, nickte mir nur kurz zu, als ich erklärte noch eine Besorgung machen zu müssen. Von hinten sah er nur Maria und entriegelte mir mit einem Knopfdruck die Tür. Der Schweiss rann mir damals vor lauter Angst, ich könnte entdeckt werden, nur so den Rücken hinunter. Das Kopftuch, das ich mir wegen des Nieselregens eng festgebunden hatte, verhüllte mich zwar, half mir jedoch nicht dabei, die gewaltige Anspannung abzuschütteln. Im Aufzug drehte ich mich mit dem Rücken gegen die Überwachungskameras und nahm mir erst, als ich weit um die Ecke gebogen war, ein Taxi. Erst als ich mir sicher war, dass mich niemand verfolgte, stieg ich in einem Vorort aus. Irgendwann nach einem längeren Fussmarsch nahm ich die Untergrundbahn zum Flughafen. Da ich kein Gepäck mit mir führte, konnte ich meinen Flug noch knapp erreichen. Unter falschem Namen holte ich mein Ticket beim Schalter ab. Die Passkontrolle liess mich ohne Probleme passieren. Erst im Flugzeug liess die Anspannung nach und ich gönnte mir ein wenig Schlaf. Immer wieder schreckte ich panisch auf, doch zum guten Glück schlief mein Sitznachbar tief und fest und bekam nichts davon mit. In London angekommen, schaute ich gespannt auf die Tafel mit den Flugplänen und entschied mich kurz entschlossen nach Dublin weiterzureisen. Die Heimat meiner Vorfahren führte mich dann in ein neues Leben. Doch nun habe ich das Gefühl, dass der ganze Albtraum wieder zurückkehrt. Hast du die zwei Männer vorhin gesehen, die auf die Terrasse kamen?" Conor nickte und sagte angespannt: „Die beiden haben spanisch gesprochen. Sag jetzt nicht, dass einer von ihnen Luis war?" Aislinn schluckte heftig und nickte. Ihre Stimme klang sehr leise, als sie sprach: „Salvatore, sein Leibwächter, hat mich unter den Gästen erkannt. Luis hat ihm befohlen nach mir zu suchen und mich unbemerkt in sein Appartement zu bringen. Sie wussten nicht, wie nahe sie mir schon waren. So leid es mir auch tut, ich kann heute Abend nicht auftreten. Meine Stimme würde mir bei seinem Anblick versagen." „Auf gar keinen Fall. Das ist viel zu gefährlich. Wir werden nicht wie geplant im Hotel übernachten, sondern nehmen Duncans Auto und fahren jetzt gleich zurück nach New Haven. Ich werde mich um alles Weitere kümmern. Halte dich inzwischen hier versteckt, ich werde gleich wieder zurück sein. Im Park bist du in Sicherheit, sie werden dich hier draussen sicher nicht suchen. Mich kennen diese Widerlinge zum guten Glück noch nicht." Conor gab ihr einen Kuss auf die Stirne und eilte mit grossen Schritten davon.

Duncan übergab Conor seine Autoschlüssel, nachdem dieser kurz die Situation geschildert und ihm mitgeteilt hatte, dass Aislinn nicht auftreten konnte. Die Details würden sie morgen bei Deirdre besprechen. Conor wünschte Duncan eine schöne Hochzeitsnacht und verliess die Feier, nachdem er auch Deirdre und Colin miteinbezogen hatte. Rory, der bereits umringt von hübschen Frauen seinen Charme spielen liess, nahm er zur Seite und drückte ihm diskret seine eigenen Wagenschlüssel in die Hand. Der Ire erfasste sofort die angespannte Situation und verzichtete auf eine weitere Erklärung.

Auf der Fahrt nach Hause herrschte eine bedrückte Stimmung. Aislinn schaute aus dem Fenster und die Lichter im Dunkeln schwirrten als verschwommene Punkte nur so an ihr vorbei. Sie fühlte sich angespannt und irgendwie schuldig, dem Brautpaar und allen Angehörigen den schönen Abend vermasselt zu haben. Conor legte fürsorglich seine Hand auf ihren Schenkel und drückte sie sanft, um ihre Aufmerksamkeit ins Hier und Jetzt zu lenken. „Colin und Rory legen auch ohne dich einen guten Auftritt hin und die zwei Jungvermählten werden uns, bei diesen vielen Gästen, sowieso nicht vermissen. Als wirklich echte Freunde werden sie deine Situation nur allzu gut verstehen." Im Haus angekommen, packten sie sofort die Koffer und buchten zwei Flugtickets nach Dublin. Später im Bett starrte Aislinn mit einem leeren Blick an die Decke, ihr Kopf ruhte in der warmen Schulterbeuge von Conor und seine starken Arme hielten sie fest. Schreckliche Bilder aus der Vergangenheit rauschten unentwegt durch ihre Gedanken und liessen ihren schlanken Körper erschauern. Die Nähe von Conor gab ihr eine gewisse Sicherheit und lullte sie nach stundenlanger Grübelei in einen unruhigen Schlaf.

Ricardo und Salvatore beobachteten den ganzen Abend die Ausgänge, doch Aislinn blieb verschwunden. Verärgerung breitete sich auch in Luis aus und er versuchte diskret Susannah auszuhorchen. Seine junge Begleiterin war eine Schauspielkollegin von Riana und hatte ihren neu erworbenen reichen Freund mit Stolz auf der Feier vorgeführt. Mit ihren blonden glänzenden, bis auf die Schulter fallenden Haaren und dem Körper eines Models war sie eine von Luis bevorzugten Frauen und diente ihm rein zu seinem Vergnügen. In der Art, wie sie sich heute benahm, konnte man sie leicht mit einem naiven Betthäschen verwechseln. Seit den Geschäftsmann der Gedanke beschäftigte, Aislinn wiederzusehen, störte ihn jedes noch so winzige unschöne Detail an seiner jetzigen Begleiterin. Ihr viel zu lautes, schrilles Lachen, der trotzige Schmollmund, den sie gespielt auflegte, wenn sie nicht bekam, was sie wollte, und das ständige Herumflirten mit anderen Männern. Luis versuchte von Susannah etwas über Aislinn zu erfahren. Er gab vor die Frau gut zu kennen, und der Beschreibung nach wusste Susannah genau, von wem er sprach. Viel wusste seine derzeitige Geliebte jedoch nicht zu erzählen. „Aislinn wird heute gemeinsam mit den irischen Freunden zu Ehren des Brautpaars eine musikalische Darbietung aufführen. Die Frau ist nicht nur sehr hübsch, sie soll eine fantastische Stimme besitzen. Riana schwärmt in höchsten Tönen von ihrer neuerworbenen Freundin", erklärte Susannah schnippisch und in ihrer Stimme lag eine Spur Eifersucht. Obgleich Luis an ihrer Seite stand, drückte sie den vergrösserten straffen Busen nach vorne, um so die Aufmerksamkeit der Männer zu erregen. Der Geschäftsmann interessierte sich jedoch nicht für das anstössige Benehmen seiner Begleiterin. Stetig liess er den Blick suchend über die Gäste schweifen. Luis erhoffte sich sehr Aislinn persönlich zu begegnen. Er würde sie überraschen, bedrohen und zwingen mitzukommen. Sie war eine besondere Frau gewesen, anders als seine gewöhnlichen Gespielinnen. Faszinierende Gedanken schwirrten durch seinen Kopf und erotische Erinnerungen wurden geweckt. Aislinn hatte am Anfang ihrer Beziehung oft in der Badewanne gesungen, als sie noch verliebt und glücklich gewesen war. Ja, sie besass eine begnadete Stimme und er konnte sie sich gut als Sängerin vorstellen. Nur, wo war sie während der vergangenen sechs Jahre gewesen? Und mit Singen allein konnte sie doch unmöglich überleben? Sein Gehirn war in Aufruhr und er wurde langsam wütend, als er bemerkte, dass sie bei der Aufführung nicht mitmachte. Geduld war nie seine Stärke gewesen. Dieses Luder hatte ihn schon wieder hintergangen und sein Ego grossflächig angekratzt. Würde er sie in seine Finger bekommen, bekäme Aislinn eine denkbar harte Bestrafung. Doch seine Rachegelüste schienen an diesem Abend nicht in Erfüllung zu gehen. Dem Auftritt blieb sie fern und in seinem Inneren brodelte es von Stunde zu Stunde heftiger. Ricardo und Salvatore wurden dazu verdonnert, die beiden Iren zu überwachen, und Susannah verliess er zeitig mit der Ausrede, morgen früh wichtige Geschäfte abwickeln zu müssen. Etwas schmollend liess sie sich zum Abschied von ihm küssen. Als Luis sie jedoch auf den hübschen Iren aufmerksam machte, der heute wohl die Nummer eins der Junggesellen repräsentierte, liess sie sich gerne zum Bleiben überreden. Rory war gerade der richtige Typ, den sie sich jetzt schnappen wollte, um eine unvergessliche Nacht zu erleben. Das würde ihr momentan geknicktes Selbstbewusstsein ein wenig aufpolieren.

Am Mittag des nächsten Tages sassen alle im Wohnzimmer von Deirdre zusammen. Ausser Rory, der eine ausschweifende Nacht im Hotel mit der vollbusigen Susannah verbracht hatte. Zum Missfallen der Anwesenden kündigte er mit einem kurzen Anruf an etwas später zu erscheinen. Der Stress und der unruhige Schlaf waren Aislinn anzusehen. Die Haut war blass und die dunklen Schatten unter den Augen liessen sich auch mit der Schminke nicht ganz vertuschen. Sie offenbarte ihre erschütternden Geheimnisse, wenn auch nicht bis ins letzte Detail, und vertraute sich ihren Freunden an. Bestürzung und tiefes Mitgefühl wurden geäussert. Es waren sich alle einig, dass es wirklich das Beste wäre, sofort nach Irland abzureisen. Duncan als angesehener Anwalt versprach sich um den Fall Luis Pérez zu kümmern, während Riana alles, was sie über Susannah wusste, zum Besten gab. Mitten in der Besprechung klingelte das Telefon, und als Deirdre ganz aufgeregt einige Minuten später zurückkam, erklärte sie, dass die Polizei Rory zusammengeschlagen und bewusstlos auf dem Parkplatz des Hotels gefunden hatte. Entsetzt über dieses Verbrechen wurde lautstark debattiert und alle redeten wirr durcheinander, bis Aislinn um Ruhe bat und das Wort ergriff. „Das waren bestimmt Luis' Schläger Ricardo und Salvatore. Sie wollten von ihm wissen, wo ich mich aufhalte. Es ist ganz allein meine Schuld. Oh, der arme Rory, wenn er stirbt ...“ Aislinn begann zu schluchzen und sofort hörte sie rundherum tröstende Worte. Riana nahm sie sogar in den Arm, während Deirdre und Colin sich bereit machten sofort zur Klinik zu fahren, in die man den Bewusstlosen eingeliefert hatte. Duncan bat um eine sofortige Unterredung mit der Polizei und Conor blieb als Personenschutz bei den Frauen in Deirdres Wohnzimmer zurück, wo er den Flug nach Irland um einen Tag verschob, bis man Näheres über Rorys gesundheitlichen Zustand wusste.

Zwei Stunden später kam ein Anruf von Colin. Erleichtert teilte er mit, dass Rory aufgewacht sei und der Polizei eine Beschreibung der Täter gegeben habe, die sich mit dem Aussehen von Ricardo und Salvatore deckte. Man bringe ihn noch heute in einem privaten Zimmer unter, wo er polizeilichen Schutz erhalten werde. In der Zwischenzeit war Duncan in Begleitung von zwei amerikanischen Agenten zurückgekehrt. Der Mann vom FBI, Paddy Ryan, war um die fünfzig und sein Erscheinungsbild sehr beeindruckend, während die Frau, Brianna Murray vom CIA, schwer einzuschätzen war. Mit ihren leicht silbernen Haarsträhnen schätzte man sie Mitte vierzig. Ihre elegante Kleidung entsprach mehr einer Geschäftsfrau als einer Detektivin. Dem Akzent nach stammte sie aus Irland. Sie übergab nach der kurzen Begrüssung das Wort an ihren Partner, der den Anwesenden erklärte, schon einige Jahre auf der Spur von Luis Pérez zu sein. „Den illegalen Waffenhandel nach Europa hat der geborene Texaner nach dem Tod seines Vaters weitergeführt. Leider konnten wir ihm bis jetzt noch nichts Handfestes nachweisen. Pérez ist ein schlauer Fuchs. Seine Organisation wird von uns rund um die Uhr überwacht. Gestern nach der Hochzeit ist der Kerl sowie seine engsten Leibwächter Ricardo und Salvatore spurlos verschwunden. Miss O`Malley ist bislang unsere einzige überlebende Zeugin, die seine illegalen Handlungen vor Gericht belegen kann, darum steht sie ab sofort unter unserem speziellen Schutz. Solange wir nicht wissen, wo er sich aufhält, wäre es das Beste, sie nach Irland zu schicken und dort unter den Schutz von Brianna Murray zu stellen." Conor, der sichtlich verärgert aufgestanden war, bemerkte entschlossen, während er aufgebracht durch das Wohnzimmer tigerte, dass Aislinn ohne ihn nirgendwo hingehen werde. Brianna Murray näherte sich beschwichtigend dem aufgebrachten Mann. Ihre stattliche Grösse liess sie auf fast gleicher Augenhöhe wie Conor innehalten. Mit besänftigender Stimme und einem warmen verständnisvollen Blick aus ihren braunen Augen meinte sie: „Selbstverständlich dürfen Sie Ihre Freundin begleiten. Sie wären mir eine grosse Hilfe dabei, sie zu beschützen. Ich habe ein grosses Anwesen ausserhalb Donegals. Wie Sie vielleicht wissen, war Luis Pérez' Mutter eine Irin, die sich nach der

Scheidung in ihre Heimat zurückgezogen hat. Leider verlangte damals ihr Mann das alleinige Sorgerecht für den gemeinsamen Sohn. Sie starb vor einem Jahr in Donegal. Wir waren zufällig Nachbarn." Einen Moment unterbrach Brianna Murray ihre Erzählung, fasste sich nach einem kurzen Räuspern wieder und erklärte: „So konnte ich Luis beobachten, wenn er jeweils seine Mutter besuchte. Dass es an seiner Mutterliebe lag, bezweifle ich. Die illegalen Geschäfte waren der eigentliche Grund. Der Waffenhandel wurde zuerst von Belfast aus getätigt. Neuerdings jedoch haben die Händler ihre Geschäfte in den Hafen von Killybegs verlegt." Conor hatte sich nun ein wenig beruhigt und Duncan klopfte ihm beruhigend auf die Schultern. „Hey Kumpel, Riana und ich sind auch noch da. Wir haben unsere Hochzeitsreise in Donegal noch vor uns und werden euch beistehen." „Sicher, da gibt es keinen Widerspruch", entgegnete Riana und drückte freundschaftlich Aislinns Hand zur Bestätigung. Die Detektive schauten sich an und Brianna Murray gab ein raues Lachen von sich, worauf sie verschmitzt erklärte: „Also, das Haus ist mit sieben Zimmern gross genug, um euch alle zu beherbergen. Meine Köchin wird sich freuen, so viele Gäste zu bewirten." Paddy Ryan zog die Augenbrauen in die Höhe und liess einen lauten Seufzer hören: „Da werde ich ja eine Menge verpassen. Sobald ich erfahren habe, wo der Kerl sich aufhält, melde ich mich. Nun müssen wir los, Brianna, es gibt noch viel zu arrangieren. Eine Privatmaschine wird euch morgen im New Haven Airport erwarten. Die genauen Daten erhaltet ihr von mir am späten Abend." Nach dem Abschied der Agenten blieb es im Wohnzimmer für einen Moment still. Alle Augenpaare waren auf Aislinn gerichtet, der die Tränen wie kleine Sturzbäche lautlos über die Wangen rannen. Unter Schluchzen meinte sie: „In was habe ich euch da nur hineingezogen." Conor setzte sich wieder aufs Sofa neben

Aislinn und küsste ihre feuchte Handfläche, mit der sie sich die Tränen aus dem Gesicht gewischt hatte. „Niemals würde ich dich allein gehen lassen. Nur über meine Leiche." Ein zaghaftes Lächeln folgte auf diese Worte und sie schmiegte ihre Wange in seine grosse Hand. Riana erklärte mit ihrer typisch übersprudelnden Abenteuerlust, dass dies die heisseste Hochzeitsreise werde, die es je gegeben habe. Duncan als frischgebackener Ehemann und erstklassiger Anwalt pflichtete ihr bei: „Ich werde diesen korrupten Kerl festnageln und mit allen Mitteln helfen, den Waffenhandel zu unterbinden."

Aber so einfach war das nicht. Luis, seine Leibwächter und jetzt noch Susannah waren nirgendwo auffindbar. Aislinn, Conor, Duncan und Riana besuchten mit Polizeieskorte Rory in der Klinik. Sein Körper war schwach, bandagiert und überall prangten Blutergüsse. Zwei Rippen waren gebrochen, die Schulter ausgerenkt gewesen und am linken Unterarm die Sehnen überdehnt. Gegen die Schmerzen bekam er ein starkes Analgetikum, das ihm das Sprechen erschwerte, doch das Aufblitzen in seinen Augen bestätigte ihnen die Freude an ihrer Anwesenheit. Die Schwester drängte die Besucher nach einer Viertelstunde den Patienten zu verlassen. Deirdre und Colin, die inzwischen in der Cafeteria etwas getrunken hatten und sich nun auch verabschiedeten, versprachen gut für Rory zu sorgen, bis er wieder transportfähig war, um nach Irland zurückzukehren, selbstverständlich nur in Begleitung. Conor war froh, dass auch seine Mutter und Colin vom FBI überwacht wurden und in dieser Zeit persönlichen Schutz bekamen.

Der Flug am nächsten Tag nach Donegal Airport verlief sehr angenehm. Der kleine Privatjet war luxuriös ausgestattet und die Stimmung hoffnungsvoll. Ein paar Stunden erholsamer Schlaf in den äusserst bequemen Sitzpolstern und das Ziel war problemlos und ohne Verspätung erreicht. Ein geräumiger SUV stand bereit und Brianna brachte ihre Gäste zum Ausgangspunkt. Das herrliche Anwesen war gewaltig und ein elektronisches Tor hielt ungewollte Eindringlinge fern. Das Pförtnerhaus bei der Einfahrt wurde von Sean, dem Gärtner, und Marie Ellen, der Köchin, bewohnt. Nach einer Biegung durch den kleinen Birkenwald kam eine leichte Steigung, die zum Haupthaus führte. Die imposante dreistöckige Villa hatte eine fantastische Aussicht auf den Lough Eske. Die Mauern aus Kalk und Sandstein liessen das Gebäude wie eine Festung erscheinen. Die weiträumig angelegte Parkanlage wirkte ausgesprochen gepflegt und die gewaltigen Laubbäume ringsherum leuchteten in herbstlicher Pracht. Als Brianna vor dem Eingang parkte, sprangen aus den Gebüschen zwei riesige irische Wolfshunde auf das Fahrzeug zu. „Habt keine Angst, ich werde meinen Hunden den Befehl erteilen, euch als Freunde anzuerkennen", meinte Brianna, während sie die Autotür öffnete, um die Tiere zu begrüssen. Dann gab sie einen kurzen Appell in Gälisch an die Hunde: „Fine!" (heisst Familie) Die Gäste traten zögernd aus dem Wagen. Die riesigen Wachhunde waren wirklich beeindruckend. „Begrüsst sie", entgegnete Brianna und fügte bei: „Dann nehmen sie euren Geruch auf und akzeptieren euch in der Sippe." Die Fremden wurden eingehend beschnuppert, während sie den Tieren sanft über die struppigen Köpfe streichelten. Als man das Gepäck ausgeladen, die Zimmer bezogen und das köstliche Abendessen genossen hatte, führte Brianna die Gäste durch das Haus. Im Untergeschoss gab es einen Fitnessraum, einen Pool und einen schalldichten

Schiessstand. Ein top eingerichteter Computerraum befand sich im Erdgeschoss, wo auch Briannas Büro lag. Auf den vielen Monitoren zeigte sich die Umgebung aus verschiedenen Perspektiven. Mit den neusten Infrarotkameras konnte sogar das Gebäude der Nachbarn beschattet werden und die versteckte Kamera an der Strasse registrierte jedes vorbeifahrende Fahrzeug. Bevor der Himmel sich ganz verdunkelte, vertrat man sich die Beine und spazierte das weitläufige Gelände ab. Die Hunde genossen die Gesellschaft und rannten in wachsamen Kreisen um die neu gewonnene, grosse Familie. Die Amerikaner fühlten sich geborgen in dem hochgesicherten Anwesen und die selbstlose irische Gastfreundschaft wurde Brianna hoch angerechnet.

Luis verweilte verdeckt auf einer Jacht, die er unter falschem Namen gekauft hatte, in einem Hafen ausserhalb von New Haven. Seine Nerven waren bedrohlich angespannt, als endlich der langersehnte Anruf aus Irland eintraf. Seine gereizte Stimmung verbesserte sich nach der schlechten Nachricht keineswegs. Sein Mittelsmann in Killybegs berichtete, dass ein amerikanischer Privatjet am Flughafen von Donegal gelandet sei und eine Frau, wie er sie beschrieben hatte, unter den Passagieren war. Nachdem Luis die verschlüsselten Übermittlungsdaten angegeben hatte, wartete er angespannt auf die Bilder, die ihm in Kürze zugeschickt werden sollten. Er erkannte Aislinn unter den Amerikanern. Der Informant berichtete, dass sie mit dem Auto von Brianna Murray zu deren Anwesen gefahren seien. Luis' Augen verengten sich zu gefährlichen Schlitzen und er trat mit zusammengebissenen Zähnen heftig an die Reling. Dazu verfluchte er Brianna auf Spanisch. Ricardo und Salvatore hatten ihren Boss noch nie so aufgebracht gesehen. Ein Wutanfall in der Öffentlichkeit kam bei ihm nur selten vor.

Seine Hände zitterten, als er sein goldenes Zigarettenetui aus dem leichten Seidensmoking fischte und es öffnete. Salvatore, sein bester Mann, gab ihm Feuer und fragte kurz: „Was gibt es Neues, Boss?" Luis inhalierte tief und brachte sich wieder einigermassen unter Kontrolle. Die Frage beantwortete er mit kühler, unbewegter Stimme: „Aislinn ist gestern Abend mit O`Neill und dem neu vermählten Paar Mc Morrow in Donegal gelandet." Er streckte ihm das ausgedruckte Foto, das der Drucker ausgespuckt hatte, entgegen. Wieder zog er heftig an der Zigarette, bevor er hinzufügte: „Brianna Murray, die Nachbarin meines irischen Landsitzes, hat sie auf ihrem Anwesen aufgenommen. Diese Schlampe kam mir schon immer suspekt vor, doch da sie die einzige Freundin meiner Mutter war und sie regelmässig besuchte, duldete ich dieses hinterhältige Weibsbild. Murray muss grossen Einfluss besitzen, denn ich konnte rein gar nichts über sie herausfinden. Ich weiss nicht, für wen sie arbeitet, nur dass ihre Tarnung wasserdicht und echt gut ist. Wir werden noch heute Anker lassen. Unser Ziel ist Irland." Ricardo hatte Luis in der Zwischenzeit einen Whisky gebracht und fragte stirnrunzelnd: „Was machen wir mit Susannah?" „Das junge Ding hat zu viel gesehen und ist Zeugin geworden von eurer Tat am Iren, den ihr halb zu Tode geprügelt habt. Haltet sie eingeschlossen und stellt sie ruhig, sobald sie wieder hysterisch zu kreischen beginnt. Wir werden später entscheiden, was wir mit ihr machen. Auf der Reise haben wir genug Zeit, um uns eine ausgeklügelte Strategie zurechtzulegen. Unsere Spitzel in Belfast sollen ihren Arsch bewegen und im Fischerhafen von Killybegs alles für den Waffentransport nach Spanien vorbereiten." Mit diesen Worten und einer grimmigen Miene schloss Luis sich in sein Büro ein und begann einen teuflischen Plan auszuhecken.

Auch in Donegal waren die Vorbereitungen voll im Gange. Conor und Duncan, die mit Schusswaffen umgehen konnten, übten sich in einigen Kampftechniken. Man lehrte sie gekonnt Angriffe abzuwehren. Die Frauen mussten jeden Tag an den Fitnessgeräten ihre körperliche Verfassung steigern. Brianna lehrte sie das Schiessen mit der Pistole im schalldichten Übungsraum. Aislinn hatte eine ruhige, zielsichere Hand. Riana hingegen war aufgeregt und zu hibbelig, so dass sie das Ziel meist verfehlte. Die Frustration konnte man ihr vom Gesicht ablesen. Bei den Kampfübungen war sie dafür flink und sehr treffsicher. Mit ihrem gelenkigen Körper wirbelte sie um Aislinn herum und genoss es, die grössere und stärkere Gegnerin auf den Rücken zu legen. Nach einigen Tagen durften die Paare zusammen ihr Training absolvieren. Natürlich waren die Kampfmethoden der Männer anders konzipiert, doch der Spass bei den spielerischen Auseinandersetzungen heiterte ihre Laune auf. Die anstrengende körperliche Teamarbeit war zwar sehr ermüdend, schien aber gleichzeitig auch die Atmosphäre in eine knisternde Hochspannung zu versetzen. Nach der routinemässigen abendlichen Verköstigung zogen sich alle in ihre Räumlichkeiten zurück, wo sich die letzten Energien in flüsternden Koseworten und heiss ersehnten Liebesspielen entluden.

Zehn Tage waren seither vergangen, als unerwartet FBI-Agent Paddy Ryan mit Deirdre, Colin und dem noch ziemlich havarierten Rory aus Amerika eintraf. Nach neusten Berichten waren Luis und seine Leibwächter mit einem Boot unterwegs nach Irland. In Belfast wie auch in Killybegs wurden Späher aufgestellt, die bei Ankunft des Waffenhändlers sofort Bericht erstatten würden. Eines Abends, als gerade das köstliche Abendessen serviert wurde, meldeten die Beobachter, dass der

Waffenhändler im Hafen von Killybegs Anker gelassen hatte. Luis und Salvatore waren mit einem Leihwagen unterwegs nach Donegal. Paddy und Brianna stürmten hastig vom Tisch und verschanzten sich im Überwachungsraum, nachdem sie die andern gebeten hatten das Abendessen noch bitte warm zu geniessen. Knapp eine Stunde später, draussen war es schon ziemlich dunkel, erschien der Leihwagen auf der Infrarotkamera. Eine riesige Kiste wurde ausgeladen und ins Haus gebracht. Dann trat absolute Stille ein. Die beiden Agenten wechselten sich die Nacht hindurch ab, während sie ihren Gästen rieten sich auszuruhen.

Am nächsten Morgen nach dem Frühstück hielt man im Wohnzimmer eine Besprechung ab. Brianna brachte alle auf den neusten Stand der Dinge: „Also, Showtime! Die nächsten Tage und Stunden werden unsere ganze Aufmerksamkeit benötigen. Letzte Nacht hat eine Gruppe der IRA mit einem Fischerboot nahe der Küste zwanzig Kisten auf Luis' Jacht verladen. Ricardo ist gegen den frühen Morgen wieder im Hafen eingelaufen und verbrachte die Nacht auf dem Boot. In der Zwischenzeit hat Luis mehrere Mittelsmänner aus Belfast in seinem Haus empfangen. Heute früh sind die letzten uns bekannten Gesichter eingetroffen. Leider konnten wir bisher nie Wanzen in sein Anwesen einschmuggeln. Er wäre uns sonst auf die Schliche gekommen und deshalb wissen wir nicht genau, was das Syndikat plant. Die Alarmstufe steht auf Rot und deshalb durften wir zusätzlich noch mehr Sicherheitsleute anfordern." Paddy übernahm nun das Wort und fügte bei: „Da wir annehmen, dass Luis die Waffen nach Spanien bringen will, können wir nur abwarten, bis sein Schiff ausläuft und ihn dann auf offener See festnageln. Bis dahin sind uns leider die Hände gebunden. Für euch gibt es eine absolute Ausgangssperre, bis die Aktivität abgeschlossen ist.

Dies dient ausschliesslich zu eurem eigenen Schutz. Das Syndikat ist sehr gut organisiert. Menschenleben haben für diese Leute kaum einen Stellenwert. Sie kämpfen ausschliesslich für Geld, benutzen aber das Wort Freiheit für ihr Handeln. Gibt es dazu noch Fragen?" Ein Raunen ging durch den Raum und alle schüttelten im Einvernehmen die Köpfe. Dem einen oder andern lief ein Schauder den Rücken hinunter. Man war solche bedrohlichen Situationen nicht gewohnt und eine unterschwellige Beklemmung breitete sich aus. Besonders Aislinn machte die Situation schwer zu schaffen. Noch immer gab sie sich die Schuld, in ihrer Naivität einen grossen Fehler begangen zu haben, als sie sich damals mit Luis einliess. Conor drückte sanft ihre Hand und Aislinn blickte ihn mit ernsten Augen an. Eine Falte zwischen ihren Augenbrauen wurde sichtbar. Wut entbrannte im Inneren ihrer Seele. Sie wusste, wenn man Luis und seinen Männern nicht das Handwerk legte, wäre sie das ganze Leben lang auf der Flucht. Der Gedanke, Luis könnte Conor oder einem ihrer Freunde etwas antun, war für Aislinn entsetzlich. Wenn das geschehen würde, würde sie es sich nie verzeihen können. Sie schenkte Conor einen bekümmerten Blick und hielt dabei gequält die aufsteigenden Tränen zurück. Die Liebe, die sie für ihn empfand, war so gewaltig, dass sie im Moment schon fast an Schmerz grenzte.

Nach dem Abendessen, das schweigsam eingenommen wurde, zogen sich die Gäste in ihre Zimmer zurück. Die Stimmung war bedrückt. Conor lag mit Aislinn ausgestreckt auf dem riesigen Bett, wo sie beide wortlos an die dunkle Decke starrten. Der Schlaf wollte einfach nicht kommen, und als um Mitternacht plötzlich ein lauter furchterregender Knall zu hören war, sprangen die beiden gleichzeitig aus dem Bett, zogen die Jeans und einen Pullover über und rannten unter

Schock die Treppe hinunter, wo Brianna die Gäste ins Untergeschoss zum Luftschutzraum verwies. Dann folgte eine ohrenbetäubende Explosion und das junge Paar wurde einige Meter über den Boden geschleudert. In der Eingangstüre prangte ein gewaltiges Loch und stickiger Rauch drang in den dunklen Korridor. Schwarz gekleidete Gestalten, mit Maschinenpistolen bewaffnet, stürmten ins Haus. Dann hagelte es nur so von Gewehrsalven. Conor legte sich schützend auf Aislinn und drückte sie mit seinem Körper auf die Steinfliese. Ein harter Schlag traf ihn an seinem Kopf und liess ihn das Bewusstsein verlieren.

Als Conor wieder zu sich kam, befand er sich unter Deck eines ratternden Bootes. Der Geruch von abgestandenem Fisch hing in der Luft. Seine Hände und Füsse waren gefesselt. In seinem Kopf hämmerte es fürchterlich. Durch das Dröhnen hindurch nahm er eine leise Stimme wahr, die seinen Namen rief. Er versuchte sich zu bewegen und spürte gleichzeitig einen warmen Körper, der sich schluchzend an ihn drückte. Haare kitzelten ihn an seinem Kinn und der liebliche Duft, den er allzu gut kannte, stieg ihm in die Nase. Aislinns feuchte Tränen durchnässten seinen Pullover und er spürte, wie ihr Körper vom Schluchzen durchgerüttelt wurde, während sie immer wieder seinen Namen flüsterte. Wie gerne hätte er sie in seine Arme genommen und sie an sich gezogen, doch er lag mit gebundenen Händen auf dem Rücken. Das enge Seil schürfte an seiner Haut und die verrenkten Schultern schmerzten. Mit rauer Stimme, fast krächzend, kamen ein paar Laute aus seinem Mund und Aislinn hob ihren von Tränen überströmten Kopf, um ihn anzusehen. Erleichtert, dass er noch lebte, drängte sie sich noch näher an ihn und küsste ihn sanft auf die ausgetrockneten Lippen. Er leckte mit seiner Zunge den salzigen Geschmack ab, der von ihr zurückgeblieben war, und stöhnte, als er sich bewegen wollte. Auch Aislinn war gefesselt und blutete an Händen und Füssen. Sie hatte versucht sich zu befreien und dabei ihre zarte Haut verletzt. Wut stieg in Conor auf und verbannte den Schmerz in seinem Körper. „Wo sind wir?" Seine Stimme war nur ein raues Flüstern. „Luis ist mit Gewalt in Briannas Haus eingedrungen, hat uns entführt und auf dieses alte Fischerboot gebracht. Wir müssen schon einige Zeit unterwegs sein. Ich bin so froh, dass du noch lebst." Wieder schüttelte ein neuer Weinkrampf ihren Körper und sie drückte ihren Kopf an seine Brust. Erschöpft schliefen sie ein. Stunden waren vergangen, als die alte verrostete Türe mit einem Quietschen geöffnet wurde und Salvatore, begleitet von Ricardo, die eiserne Treppe herunterkam. Sie trugen alte abgenutzte Fischerkleidung und hatten ein Tablett mit warmem Essen dabei. Nicht gerade freundlich zerrte Ricardo die Gefangenen über den schmutzigen Fussboden in eine gegenüberliegende Ecke, wo er die geschundenen Körper an alte stinkende Jutesäcke anlehnte. „Wasser", bat Aislinn mit belegter Stimme und Salvatore hielt ihr eine Plastikflasche an die Lippen, von der sie gierig trank. Auch Conor, der sich in Schweigen hüllte, durfte gnädig seinen Durst löschen. Als man ihnen jedoch das Essen eingeben wollte, widersetzten sich Aislinn und Conor und drehten angewidert ihre Köpfe auf die Seite. Sofort ergriff Salvatore seine Pistole, die unter der dicken Weste im Halfter steckte, und hielt sie Conor an die Schläfe: „Esst oder ich schiesse euch ins Knie. Luis will nicht, dass ihm seine Geiseln verhungern." Sofort öffnete Aislinn ihren Mund und Ricardo fütterte sie und darauf auch Conor mit der übelriechenden Fertigmahlzeit aus der Dose. Da die Männer spanisch sprachen, verstand nur Aislinn, was sie sagten. Die beiden hatten keine Ahnung, dass sie die Unterhaltung verstehen konnte, denn sie hatte ihr Spanisch in all den Jahren mit Luis nie angewendet. Salvatore fuhr Ricardo streng an, als dieser Conor einen Tritt versetzte: „In ein paar Tagen sind wir an der Küste von Spanien. Sobald die Kisten vom Schiff Richtung Andorra unterwegs sind, darfst du den Kerl erledigen. Dann kannst du mit dem Typen machen, was du willst. Aislinn lässt du in Ruhe. Wenn du ihr auch nur ein Haar krümmst, erschiesst dich Luis eigenhändig und wirft dich ins Meer. Verstanden!" Ricardo fluchte und brummte mürrisch vor sich hin. „Mit ihr hätte ich mehr Vergnügen als mit der blonden amerikanischen Hure, die wir mitgeschleppt haben." Aislinn musste heftig schlucken, um sich nicht zu übergeben. Nachdem sie dreimal tief durchgeatmet hatte, sagte sie mit zitternder Stimme: „Ich muss mal." Salvatore zeigte auf den Topf am Ende der Treppe. „Wie soll ich denn pinkeln, wenn meine Hände verbunden sind?", grummelte Aislinn vor sich hin. „Zieh ihnen die Hosen aus, die Slips können sie sich immer noch gegenseitig runterziehen." Während Ricardo die Fussfesseln löste, holte Salvatore von oben eine Decke und einen vollen Blechbehälter frisches Wasser, das er grinsend auf den Fussboden stellte, als wären sie Tiere. Gemeinsam zogen sie an den feuchten schmutzigen Jeans der Gefangenen und Ricardo konnte es nicht lassen, seinen gierigen Blick über Aislinns lange schlanke Beine gleiten zu lassen. Mit seiner obszönen Art betatschte er die Geisel, wo er nur rankam. Ekelerregende Schauder durchliefen dabei Aislinns Körper, doch sie hielt sich tapfer. Conor musste dabei die Augen schliessen, um nicht völlig auszurasten. Er wusste genau, dass der Mann nur auf eine Gelegenheit wartete, um ihn zu Tode zu prügeln. Es würde Ricardo spielend gelingen, da Conor in keiner guten Verfassung steckte, und zudem waren seine Hände hinter dem Rücken gefesselt. Also blieb ihm nichts anderes übrig, als auf die Zähne zu beissen und tief durchzuatmen, bis die Männer wieder gegangen waren.

Danach konnten sie sich zwar frei bewegen und ihre Geschäfte verrichten, waren jedoch immer noch stark behindert. Die beiden fühlten sich vom Essen ein bisschen gestärkt. Auch das Denkvermögen war wieder völlig funktionsfähig. Nachdem Aislinn erklärt hatte, was die Leibwächter auf Spanisch gesprochen hatten, waren die beiden etwas entmutigt. Dann kam Conor eine blendende Idee, wie sie die Handfesseln lösen konnten. Nachdem sie kniend, tief gebeugt über der Schüssel getrunken hatten, legten sie ihre Hände ins Wasser und konnten so die Sisalschnur einweichen. Dann versuchten sie sich gegenseitig mit Fingern und Zähnen den aufgequollenen Knoten zu lösen. Nach langer schweisstreibender Bemühung war es ihnen endlich gelungen, sich zu befreien. Sie kühlten ihre schmerzhaften blutenden Gelenke im abgestandenen schmutzigen Wasser und liessen sie danach an der Luft trocknen. Eng umschlungen und komplett erschöpft verbrachten sie, eingehüllt in eine übelriechende alte Decke, die Nacht. Hauptsache, sie waren zusammen und mussten nicht frieren, war ihr letzter Gedanke, bevor Conor den regelmässigen Atemzügen von Aislinn folgte und einschlief. Am frühen Morgen, als sie die ersten Schritte über sich hörten, legten sie sich gegenseitig die Handfesseln locker an und warteten bedrückt, was nun geschehen würde.

Detektive Ryan und Brianna hatten in der Zwischenzeit die Jacht am Hafen von Killybegs eingenommen und die bewusstlose, misshandelte Susannah aus der verschlossenen Kabine gerettet. Die Kisten auf dem Boot entpuppten sich als leere Attrappen. Nachdem man herausgefunden hatte, dass Luis mit seinen Geiseln geflohen war, zog man sich niedergeschlagen zurück. Bis Briannas Anwesen wieder einigermassen bewohnbar gemacht war, mussten alle ins Hotel Harveys Point verlegt werden. Zum guten Glück wurde niemand bei der Explosion verletzt. Alle Personen retteten sich in den Luftschutzraum, bis die zusätzlichen Sicherheitsbeamten die Eindringlinge endgültig in die Flucht geschlagen hatten. Das abscheuliche Dilemma machte allen Beteiligten schwer zu schaffen. Paddy klärte in einer Sitzung die besorgten Freunde über die Fakten auf. Als Rory vom entsetzlichen Zustand Susannahs hörte, liess er verlauten sich ihrer anzunehmen, bis ihre Eltern aus Amerika eintreffen würden. Nur zu gut konnte er sich in die körperlich misshandelte Frau versetzen, denn noch kein Monat war seit dem Angriff auf ihn vergangen. Noch immer empfand er an vereinzelten Stellen enorme körperliche Schmerzen. Des Nachts quälten ihn oft furchtbare Albträume, die ihn schweissgebadet erwachen liessen. Brianna fand es eine gute Idee und brachte Rory höchstpersönlich ins Krankenhaus, wo der junge Mann an Susannahs Bett verweilte und ihr tröstend die Hand hielt.

Die Niedergeschlagenheit über den Verbleib von Aislinn und Conor belastete alle noch zusätzlich. Paddy Ryan versuchte die aufgebrachten Freunde zu beruhigen und liess vermerken, dass man das Bestmöglichste unternehmen werde, um die beiden lebend zu befreien. „Aber ihr wisst nicht einmal, wo sich der Schurke aufhält", schluchzte Deirdre deprimiert und lehnte sich erschöpft von der langen Nacht an Colins starke Schultern. Auch Riana, deren Sommersprossen in ihrem aschfahlen Gesicht noch mehr hervortraten, standen Tränen in den Augen. Die Neuvermählten bestärkten sich gegenseitig und Duncan sprach mit ernster Miene und einem vorwurfsvollen Ton: „Eigentlich hätten wir mit einer Geiselnahme rechnen müssen. Aislinn ist eine wichtige Zeugin und kann mit ihrer Aussage Luis hinter Gitter bringen." Paddy Ryan räusperte sich und zögerte einen Augenblick. Dann entschied er sich für die Wahrheit: „Brianna hat Aislinn während einer Kampfstunde unbemerkt einen Chip unter die Haut geimpft. Man wollte damals mit dieser Vorsichts-massnahme Aislinn nicht unnötig in Panik versetzten und hielt das Ganze unter Verschluss." Der amerikanische Agent erläuterte zu dem nun erwachten Interesse der Anwesenden, wie Brianna dies durchgeführt hatte: „Wenn der Körper angespannt und das Gehirn gleichzeitig auf einen Befehl konzentriert ist, wird das Schmerzempfinden für kurze Zeit eingedämmt." Erstaunt und sichtlich erleichtert darüber, dass es somit möglich war, die beiden Vermissten zu orten, konnte auch Deirdre neue Hoffnung schöpfen. Riana erinnerte sich noch gut an den kleinen Kratzer, den Brianna mit einer Wundsalbe und einem Pflaster nach einer Trainingsstunde an Aislinns Arm behandelt hatte. „Somit wissen wir nun genau, wo die beiden sich zurzeit befinden", fuhr Brianna fort, die beim Eintreten das Gespräch übernommen hatte. „Wir haben auf dem Monitor das Signal orten können. Das Boot steuert Spanien an und unsere Spezialeinheit ist auf dem Weg dorthin. Die ausgebildete Kampftruppe wird für genau solche Einsätze weltweit eingesetzt. Diese Leute sind bekannt für ihre gelungenen Undercover-Einsätze in Krisengebieten und bei Geiselbefreiungen. Diese extra ausgebildeten Männer werden das Möglichste tun, um eure Lieben dort lebend herauszuholen. Wir werden nicht aufgeben und den verfluchten Waffenhändler endlich überführen." Das Warten war für alle Beteiligten eine nervenaufreibende Angelegenheit und zog sich unendlich in die Länge.

Spanien, 1587

Die Überfahrt nach Spanien, durch die zusätzlichen Stürme in die Länge gezogen, wurde zu einem gefährlichen Unterfangen. Das Schiff wurde von den Wellen wie eine Nussschale hin und her, auf und ab geworfen. Die meisten Reisenden waren seekrank und das Trinkwasser und Essen neigten sich dem Ende zu. Der Abt Seosamh O`Sullivan betete zu Gott und bat um Hilfe. Àine sang mit letzter Kraft und ihre Stimme wurde vom Wind ins Meer hinausgetragen. Als sie die Küste von Spanien erreichten, konnte man erleichtert aufatmen. Tränen der Freude brachen aus und Dankesgebete wurden gen Himmel geschickt. Endlich erreichten sie nach einer langen beschwerlichen Reise die Monasterie. Red Hugh, zu Tode erschöpft, wurde von einem schlimmen Fieber befallen. Tag und Nacht hielt Àine am Bett des Königs Wache, wischte ihm den kalten Schweiss von der Stirn und besänftigte ihn, wenn ihn scheussliche Träume quälten. Stundenlang sang sie für seine Heilung, und als sich sein Zustand endlich verbessert hatte, durften sogar die Kinder den Vater am Bett ein wenig aufheitern. Nuala schickte die abgemagerte, geschwächte Schwägerin ins Bett und versprach ihr, sich gut um ihren Bruder zu kümmern. Seosamh, der Abt, sandte, mit der ausdrücklichen Einwilligung von Red Hugh O`Domhnaill, eine Nachricht an den König Philipp von Spanien. Darin bat man um Hilfe für Tyrconnell. Monate verstrichen, doch die Antwort blieb aus. Man munkelte, dass England ein Bündnis mit Spanien eingehen wollte. Die Ungewissheit, was dann mit seiner Familie und den Verbündeten passieren würde, beunruhigte Red Hugh sehr.

Die Zeit verstrich und eines Tages erhielt der König von Tyrconnell in der Monasterie Besuch von seinem Bruder

Cillian. Red Hugh war ihm gar nicht gut gesinnt, denn Cillian war derjenige gewesen, der ihn in den Hinterhalt gelockt und nach Dublin ins Gefängnis gebracht hatte. Für Red Hugh blieb Cillian ein Verräter und so trat er dem Landsmann und Blutsverwandten feindselig entgegen. Cillian überbrachte ihm einen Brief der englischen Krone. Darin stand, dass Tyrconnell nun zum englischen Besitz gehöre und man seine schriftliche Abdankung dazu benötige. Wenn er sich dazu nicht bereit erkläre, dürfe der König ein Leben lang die Insel nicht mehr betreten, gegebenenfalls würde man die gesamte Familie und seine Verbündeten in Irland sofort hinrichten. Red Hugh war aufgebracht und warf den Brief zornig vor die Füsse seines Bruders: „Niemals werde ich meine Unterschrift für den Verrat und den Untergang meines Reiches euch Bluthunden schenken, noch lieber sterbe ich." Dies waren seine letzten Worte an seinen Bruder, der danach lechzte, die Stelle von Red Hugh einzunehmen und mit den Engländern zusammen auf der Insel zu herrschen. Er musste sich einen Plan zurechtlegen, um das Ableben des Königs zu beschleunigen. Mit diesem Gedanken verliess Cillian die Monasterie.

Einige Wochen danach erlag Red Hugh einer Vergiftung und wurde in Spanien begraben. Doch Cillian O`Domhnaill konnte das Land nie mehr verlassen. Als Mörder des Königs von Tyrconnell wurde er höchstpersönlich von König Philipp verurteilt und hingerichtet. Red Hugh hatte noch vor seinem Tod einen Brief aufsetzen lassen. Darin vererbte er die wenigen Besitztümer, die ihm in Irland noch geblieben waren, seinem Nachfolger, dem treuen und guten Freund Cathibar O`Domhnaill. Sein Cousin hatte eine feine englische Lady geheiratet und wurde vom englischen Königshof deshalb als Ehrenmann geachtet. Àine verliess nach dem Tod ihres Gatten Spanien in Richtung Amerika mit ihren Kindern. Nuala, ihr

Mann und ihr Nachwuchs folgten ihr. In New Haven hofften sie auf eine bessere Zukunft.

Die Tage vergingen nur langsam und das alte Boot schaukelte fürchterlich, denn der Atlantische Ozean zeigte sich wirklich von seiner schlechtesten Seite. Oder vielleicht gefielen der See die Ganoven nicht, die sich auf ihr aufhielten. Jedenfalls waren alle in einem erbärmlichen Zustand. Am dritten Tag beruhigte sich zum Glück die Lage und noch in der darauffolgenden Nacht ankerte der Fischkutter vor der spanischen Küste. Nachdem man die Gefangenen am Abend mit einem Teller warmer Suppe versorgt hatte und Aislinn dabei vernommen hatte, dass diese Nacht ein spanisches Boot die Ladung übernehmen würde, wussten die beiden, dass ihr Ableben immer näher rückte. Es war nur noch eine Frage der Zeit und der Laune dieses gotterbärmlichen Schufts Luis, den man bis jetzt noch nicht zu Gesicht bekommen hatte. Aislinn zitterte vor Angst und drückte sich so nahe an Conor, wie es in ihrer Situation nur möglich war. Die Sonne hatte während des Tages das Boot aufgeheizt und doch fühlten die Geiseln in ihren Körpern keinen Funken Wärme. Die Hände hatten sie sich gegenseitig wieder locker zugebunden, denn sie wussten nie, wann man sie an Deck holen würde. Conor gab Aislinn einen sanften Kuss auf die schmutzige Wange und meinte: „Wenn wir schon sterben müssen, dann gemeinsam. Ich möchte nicht ohne dich weiterleben." „Oh, Conor, das hast du schön gesagt." Aislinn schenkte ihm einen innigen Kuss und lehnte ihren Kopf seufzend an seine Brust. Jede Minute wollten sie miteinander auskosten und schwelgten dabei in den schönen Erinnerungen. Da plötzlich erwachte in ihnen der urwüchsige Lebenserhaltungstrieb. Die versteckte geballte Kraft von Geist und Seele durchzuckte ihren Körper und gab ihnen den Mut, nicht aufzugeben. Für die Gerechtigkeit zu kämpfen, wie es ihre Vorfahren ihnen einst vorgelebt hatten. Die Hoffnung, doch noch zu siegen, schien in ihnen übermächtig zu werden und gab ihnen ein neues Potenzial an Energie. Als Salvatore und Ricardo gut gelaunt herunterkamen, gaben sie sich ein wortloses Versprechen. Entweder zu siegen oder gemeinsam zu sterben. Salvatore griff etwas unsanft nach Aislinn und gab Ricardo streng eine Weisung: „Während ich Aislinn zu Luis bringe, bindest du dem Schönling die Füsse zu. Ansonsten lässt du ihn in Ruhe, bis der Boss dir das Okay gibt, verstanden?" Ricardo zog grimmig die Augenbrauen zusammen und verbiss sich eine Bemerkung. Er schaute lüstern den langen nackten Beinen von Aislinn nach, die sich vehement gegen Salvatore stemmte, der sie grunzend die Treppe hinaufschleifte. Conor befreite sich in dieser kurzen Zeit, als sein Gegner abgelenkt war, von den Fesseln und schaute sich nach einer Waffe um. Das Einzige, was ihm ins Auge stach, war der Porzellannachttopf. Nachdem die knarrende Türe ins Schloss gefallen war, knallte er Ricardo den gefüllten übelriechenden Nachttopf über den kurzgeschorenen Schädel. Dann fesselte Conor den bewusstlosen Muskelprotz und knebelte ihn mit seinem Trägerleibchen. Beim Durchsuchen fand er eine Pistole und ein Messer, das er an seinem Gürtel befestigte. Mit der Waffe am Anschlag schlich er auf das Deck, wo er ungesehen am anderen Ende die Personalkabinen erreichte. Die wenigen Männer waren alle zu beschäftigt, um ihn zu bemerken. Drei hielten Ausschau nach dem spanischen Boot, während der klägliche Rest in der Kombüse bei einem Bier hektisch über die Möglichkeiten diskutierte, wie man den gutbezahlten Sold in Belfast am besten ausgeben konnte. Am hinteren Ende des Ganges hörte Conor laute Stimmen. Eine davon kam ihm sehr bekannt vor. „Nie wieder werde ich deine Geliebte. Nur über meine Leiche." Ein Schlag hallte und ein Stöhnen liess Conors Hand erzittern. Er musste sich zwingen nicht kopflos hineinzustürmen. Was er durch das kleine Schlüsselloch sah, war nicht gerade viel. Salvatore sass auf dem Stuhl und schaute unbeteiligt auf seine wulstigen Hände, während Luis mit seinem breiten Rücken ihm die Sicht auf Aislinn versperrte. Er hoffte, dass die Türe nicht abgeschlossen war. Mit dem schnellen Blitzangriff machte Conor Salvatore mit einem gekonnten Schuss unschädlich. Der Mann fiel leblos von seinem Stuhl. Der Leibwächter war augenblicklich tot. Luis, der sich sofort umgedreht hatte und mit seiner Waffe auf Conor zielte, hatte sich sofort gefasst. Sein vor Wut entstelltes, braungebranntes Gesicht war zu einer Grimasse verzogen, und als Aislinn entsetzt schrie: „Bitte, tue ihm nichts an!", da wusste Luis genau, was er tun musste, um die Frau in die Knie zu zwingen. „Lass die Waffe fallen oder du bist tot", sprach er mit harscher Stimme. Conor senkte die Pistole und warf sie auf den Boden, wo sie Luis mit dem Fuss zu sich zog. Dann schnellte seine Pistole blitzschnell nach vorne und traf Conor, der ihm ausweichen wollte, an der Schläfe. Bewusstlos sank dieser zu Boden. Aislinn, die inzwischen ihre Hände befreit hatte, legte sich schluchzend auf Conor und begann zu weinen. Luis' Stimme troff nur so von Ironie, als er sich über Aislinn beugte: „Keine Angst, meine Liebe, dein Geliebter ist nicht tot und wird es so schnell auch nicht sein. Du wirst tun, was ich von dir verlange, nur um ihn am Leben zu halten. Nicht wahr, meine Schöne?" Aislinn zitterte vor Wut, und während sie sich wie eine Ertrinkende an Conor festkrallte, spürte sie das kühle Metall an ihrem Bauch. Es war das Messer, das in seinem Gürtel steckte und das ihr Körper vor Luis verdeckte. Vorsichtig zog sie die Waffe aus dem Leder und drehte sich langsam zu ihrem Peiniger um. Die rot umrandeten Augen wie ein Panther auf seine Beute fixiert, ignorierte sie Luis' höhnisch lachendes Gesicht. „Ich werde tun, was du von mir verlangst." Ihre Stimme war nur noch ein hasserfülltes Flüstern. Dann erhob sie sich langsam, drehte sich blitzschnell um und stiess dem erstaunten Luis das Messer mitten ins Herz. „Aber nur über meine Leiche. Du Mistkerl ...“ Die letzten Worte äusserte sie nur noch in Gedanken, während sie in die dunklen, weit aufgerissenen Augen ihres Opfers starrte. Polternd fiel Luis' Pistole auf den Holzboden und sein Körper sank lautlos daneben. Als Aislinn sich zu ihm hinunterkniete, konnte sie noch seine geröchelten, abgehackten Worte hören, bevor er seinen letzten Atemzug tat: „Wir hätten ... gut zueinander gepasst. Du warst genauso clever ... und dickköpfig ... wie ich ...“ Ein Schauder durchlief Aislinn und sie wandte sich angeekelt von ihm ab und kroch zu Conor. Während sie verzweifelt dessen Puls suchte, hörte sie Schüsse an Deck. Männer schrien und Schritte näherten sich ihr. Schwarz getarnte Gestalten mit Maschinenpistolen stürmten das Unterdeck. Aislinn warf sich auf Conors bewusstlosen Körper, um ihn zu beschützen, und fiel gleichzeitig in eine tiefe Schwärze.

Als sie irgendwann erwachte, nahm sie wahr, dass sie noch lebte und das laute Dröhnen, das sie geweckt hatte, von den Rotoren eines Helikopters kam. Das Licht war schwach, doch als die Person, die sich über sie beugte, näherkam und sie Brianna erkannte, war ihr die Erleichterung anzusehen und sie liess den Atem, den sie unbemerkt angehalten hatte, geräuschvoll entweichen. Die bekannte Stimme sprach ruhig und sachlich zu ihr: „Hallo, Aislinn, du bist in Sicherheit und wir haben alles unter Kontrolle. Ruhe dich aus. Wir landen bald im Krankenhaus von Dublin.“ „Conor?“ Die Frage kam heiser aus ihrem trockenen Mund. „Er ist noch ein wenig verwirrt. Sein erstes Wort ist dein Name gewesen, also brauchst du keine Angst zu haben, er weiss, wer er ist und dass du lebst.“ Mütterlich strich Brianna der jungen Frau über die

Wange und lächelte. Die trockenen rissigen Lippen schmerzten, als Aislinn versuchte etwas zu erwidern. Man hatte ihr eine Spritze verabreicht und die Augen, die sich so bleischwer anfühlten, schlossen sich. Eine erlösende Dunkelheit übermannte sie erneut und von weit weg drangen beruhigende Stimmen an ihr Ohr, die sie in einen tiefen Schlaf lullten. Sie waren in Sicherheit. Mit diesem Gedanken konnte endlich die Anspannung von ihr weichen.

Nach einigen Tagen guter Pflege und gesundem nahrhaften Essen brachte man Conor und Aislinn zu ihren Freunden nach Donegal ins Hotel Harveys Point am Lough Eske. Die Begrüssung war tränenreich und das schreckliche Erlebnis, das noch tief in ihrem Gedächtnis verankert war, wurde durch das Erzählen wieder von neuem an die Oberfläche geholt. Viele Jahre, wenn nicht ein ganzes Leben würde sie dazu benötigen, um ein solches Trauma zu verarbeiten.

Als die körperlichen Kräfte soweit wieder hergestellt waren, unternahmen Conor und Aislinn an einem regnerischen, bewölkten Dezembertag einen Ausflug in die kleine Stadt, wo sie Hand in Hand an der Donegal Bay entlangspazierten. An der Hafenmauer angekommen, blieben sie vor der mächtigen Statue von Red Hugh O`Domhnaill, die aus schwarzem Marmor gemeisselt worden war, stehen. Der bildschöne, ehemalige König von Tyrconnell glich einem imposanten Krieger. In der einen Hand hielt er sein Schwert, während die andere Hand eine Rolle, beschriftet mit eisernen Regeln, in die Luft streckte. Tiefe Bewunderung überkam Conor und mit bewegter Stimme erklärte er Aislinn, dass dieser beeindruckende Mann in seinem Leben viel bewirkt hatte. „Ich möchte eine Geschichte über ihn schreiben, damit man Red Hugh nie mehr vergisst", erklärte Conor tief bewegt und fügte an: „Weisst du, dass man im 19. Jahrhundert seine Grabstätte in Spanien aufheben wollte, um seine Gebeine nach Donegal zu überführen? Die Gruft war leer und man munkelt, dass sein Geist noch heute in seinen Nachfahren weiterlebt. Andere wiederum munkeln, dass er gar nie gestorben sei und stattdessen namenlos mit seiner Familie nach Amerika ausgewandert sei. In New Haven habe der König mit seiner Familie einen Zufluchtsort gefunden und ein neues Leben begonnen." Sanft legte Conor seine Arme um Aislinn und drückte sie an seine Brust. In diesem Moment schien die Sonne durch einen Spalt zwischen den grauen Wolken und strahlte direkt auf das Monument des Mannes, der einst die Insel eisern, aber mit einem grossen liebevollen Herzen regiert hatte. Voller Ehrfurcht waren ihre Blicke auf Red Hugh gerichtet und eine machtvolle Ausstrahlung ging von ihm auf die beiden über. Conor, immer noch vom Zauber gebannt und sich zugleich in den smaragdgründen Augen von Aislinn verlierend, begann zu sprechen: „Ich liebe dich mit meinem ganzen Herzen. Willst du mich heiraten und mit mir eine Familie gründen?" Ein unglaubliches Glücksgefühl übermannte Aislinn und sie blickte in die von Liebe erfüllten goldbraunen Augen. Dieser Mann hatte sie vom ersten Augenblick an verzaubert. „Nichts lieber als das. Ich liebe dich auch, wie Àine Red Hugh geliebt hat, und wir werden ihnen neue Erben schenken." Dieses Gelöbnis besiegelten sie mit einem innigen Kuss vor Red Hugh, dem König von Tyrconnell.

EPILOG

Conor und Aislinn blieben im Land ihrer Vorfahren und zeugten drei hinreissende Kinder. Conor schrieb noch viele Geschichten, darunter eine ganz besondere über den mächtigen Führer Red Hugh O'Domhnaill. Duncan wurde Richter in Dublin, und Riana, die Mutter von ebenfalls drei Kindern, gründete eine Laientheatergruppe. Jedes Jahr wurden im Donegal Castle historische Aufführungen geboten, untermalt von der Musik von Aislinn, Colin und Rory. Deirdre und Colin genossen ihren Lebensabend gemeinsam in einem Cottage in der Nähe ihrer Lieben. Rory heiratete Susannah, die ihm sage und schreibe sechs bildschöne Söhne schenkte. Paddy und Brianna, das langjährige geheime Liebespaar, gründete auf dem Anwesen von Brianna eine CIA-Ausbildungsstätte. Speziell bildeten sie Agenten gegen den Terrorismus aus. Damit hofften sie ihren Teil für die weltweite Sicherheit der Menschheit beizutragen.

Vielen Dank dem mystischen wunderschönen Irland und seinen freundlichen Bewohnern und natürlich den magischen Vorfahren.

Die Handlung dieses Romans stammt zum Teil aus historischen Gegebenheiten, ist jedoch meist frei erfunden. Namen sind nicht immer identisch mit der wahren Erzählung von Red Hugh O`Domhnaill und die mitwirkenden Personen erdichtet. Ich hoffe, dass den Lesern meine Geschichte gefallen hat.

Die Autorin, Malu Cailloux